Marilyn Singer
Echsenzauber

Marilyn Singer

Echsenzauber

Aus dem Amerikanischen von
Frank Böhmert

Deutscher Taschenbuch Verlag

Vielen Dank an Steve Aronson, David Lubar, Roland Smith und alle bei Holt

Deutsche Erstausgabe
In neuer Rechtschreibung
Mai 2003
Deutscher Taschenbuch Verlag GmbH & Co. KG, München
www.dtvjunior.de

Titel der amerikanischen Originalausgabe:
›The Circus Lunicus‹, 2000 erschienen bei
Henry Holt and Company, New York

Umschlagkonzept: Balk & Brumshagen
Umschlagbild: Dagmar Geisler
Satz: Fotosatz Reinhard Amann, Aichstetten
Gesetzt aus der ITC Bookman light 11,5/14,5'
Druck und Bindung: Kösel, Kempten
Printed in Germany · ISBN 3-423-70774-7

Für Christy Ottaviano,
unangefochtene Meisterlektorin

Erstes Kapitel

Also, Jungens, euer Vater und ich sind stolz auf euch. Sehr, sehr stolz«, sagte Sollys Stiefmutter und wedelte mit ihren Zeugnissen in der Luft herum. Solly war gleich klar, dass sie mit seinen Stiefbrüdern Jason und Mason sprach. Mit ihm sprach sie bestimmt nicht. Sie drückte eine Taste des Anrufbeantworters. »Jungens, ich bin sehr, sehr stolz auf euch«, ertönte die Stimme von Sollys Vater. »Tut mir Leid, dass ich euch das nicht persönlich sagen kann. Aber hier in Boldwangia überschlägt sich alles. Hoppla, muss los . . .«

Sollys Stiefmutter lächelte ein steifes Lächeln. »Er sorgt dafür, dass man Boldwangia bald rund um den Globus kennt!«, verkündete sie.

»Wird auch Zeit«, sagte Jason. »Bis jetzt ist es da drauf noch nicht zu finden.«

»Wie? Du meinst, er ist nirgendwo?«, fragte Mason.

»Ihr Jungens seid zu witzig«, sagte Sollys Stiefmutter, obwohl sie nicht so klang, als ob sie das fand. Solly fand es definitiv nicht. »Tja, dann werde ich die Ehrungen wohl *ganz allein* vornehmen müssen.« Sie zog zwei große Schachteln unter dem Esszimmertisch hervor. »Jason, für deine Eins in Naturkunde.«

Jason grabschte sich die Schachtel und packte seine Trophäe schneller aus, als eine Schlange ein Ei aussaugt. »Toll, ein Mikroskop! Genau was ich wollte!«

»Aber was denn sonst, Schatz«, sagte Sollys Stiefmutter. »Und Mason – dafür, dass du der Beste in Sport bist.«

Mason riss seine Schachtel schneller auf, als ein Ameisenbär ein Termitennest aushebt, und zog seinen neuen Basketball hervor.

»Coolomat, Ma. Komm, lass uns ein paar Körbe werfen, Jason!« Er flitzte zur Tür hinaus.

»Nee, ich will lieber mit meinem Mikroskop ein bisschen Nasalschleim untersuchen.« Jason sah Solly an. »Kennst du als Popel.« Er sauste in sein Zimmer.

»Ähm, und was krieg ich?«, fragte Solly und knabberte an seinem Daumennagel. Er wusste selbst nicht, warum er überhaupt fragte.

Seine Stiefmutter blinzelte und starrte ihn an, als hätte sie gerade erst gemerkt, dass er da war. Sie fummelte an ihrer falschen Perlenkette herum. »Ach,

Solly, ja. Also für dich hab ich etwas ganz Besonderes gefunden. Zur Belohnung dafür, dass du nirgendwo durchgerasselt bist, kannst du es ebenso gut jetzt gleich kriegen.« Sie machte die Krempelschublade auf – die, in der sie Sicherungen, Batterien, Schnur und anderen Kleinkram aufbewahrten – und zog etwas Kleines und Grünliches hervor. Dann gab sie es ihm.

Solly sah auf das Geschenk hinab. Es war irgendeine Art Gummi-Eidechse in einer verkrumpelten Verpackung, die an einer Ecke aufgegangen war.

»Man tut sie in Wasser und dann wächst sie«, erklärte seine Stiefmutter.

»Weiß ich«, sagte Solly. Er besaß mindestens ein halbes Dutzend von diesen Viechern – wenn auch bis jetzt keine Eidechse. Sein Papa konnte Eidechsen nicht ausstehen; so wie manche Leute Spinnen oder Schlangen nicht ausstehen konnten.

»Das sieht doch nach einer Menge Spaß aus. Du willst es bestimmt gleich ausprobieren.«

»Hm, ja. Darf ich jetzt gehen?«

»Natürlich«, sagte seine Stiefmutter. »Sobald du mit dem Abwasch fertig bist.«

»Natürlich«, sagte Solly leise.

Er stopfte die Eidechse in die Hosentasche und streckte der Spüle die Zunge raus.

* * *

»Da ist jemand an der Tür«, verkündete Sollys Stiefmutter ohne vom Sofa aufzustehen. »Kümmert sich mal jemand drum?«

Jason und Mason standen auch nicht auf. Sie waren vollauf beschäftigt damit, sich um die Fernbedienung für den Fernseher zu streiten.

»Hey, seht mal, eine Werbung für den Circus Lunicus«, sagte Jason, der aus Versehen beim Lokalfernsehen gelandet war. Der Circus Lunicus war eine Legende in Mintzville. Es ging das Gerücht um, dass einige der Artisten nicht von der Erde stammten. Die ganze Stadt strömte immer in die Vorstellungen, um herauszukriegen, was an dem Gerücht dran war. Bis jetzt hatte es noch niemand geschafft. Jason und Mason waren noch nie dort gewesen. Ihre Mutter auch nicht. Aber Solly.

Jahrelang war der Zirkus jeden Juni in Mintzville aufgekreuzt, so pünktlich wie die Glühwürmchen. Und jeden Juni waren Solly und seine Eltern dort gewesen. Die Nummern waren alle fantastisch. Aber Sollys Lieblingsartist war der Zirkusdirektor. Der Mann war sehr groß und sehr dünn und er besaß die seltsamste Stimme, die Solly je gehört hatte. Solly fand ihn großartig und gruselig zugleich und für lange Zeit hatte er genau so werden wollen, wenn er einmal groß war. Er hatte den Zirkusdirektor nie kennen gelernt, aber er konnte seine Stimme ziemlich gut imitieren – er war schon immer ein klasse Imitator gewesen – und er besaß ein Autogramm von ihm. Niemand wusste davon. Auf der Karte stand: *Für den Jungen aller Jungen – Was Besseres als den Zirkus gibt es nicht!* Sie war unterschrieben mit *Der Zirkusdirektor.*

Der Junge aller Jungen ... so hatte seine Mutter Solly immer genannt und sie war es auch gewesen, die ihm diese Trophäe besorgt hatte. Wie, das hatte er nie herausgefunden. Sie hatte so etwas ständig gemacht – ihn mit aufregenden Schätzen überrascht: mit seltsam geformten Steinen, schimmernden Federn, merkwürdig schmeckenden Süßigkeiten, verrückten Socken; aber das Autogramm gefiel ihm am allerbesten. Obwohl er damals in der Schule noch keine Schreibschrift gelernt hatte, hatte er die Unterschrift immer wieder geübt. Wie ein kleiner Blödi – so sah er es jetzt jedenfalls – hatte er vorgehabt, seine Kunstfertigkeit dem Zirkusdirektor vorzuführen, falls sie einander je kennen lernen sollten.

Dann war der Zirkus auf einmal nicht mehr gekommen. Niemand hatte gewusst, warum. Es war das Gerücht umgegangen, eine Spezialeinheit des Geheimdienstes hätte die Zirkusleute einkassiert. Aber so richtig geglaubt hatte das niemand. Solly hatten sie schrecklich gefehlt. Es war das Jahr gewesen, in dem ihm auf einmal so vieles gefehlt hatte, das Jahr, in dem für ihn alles anders geworden war. Aber nun kam der Zirkus wieder in die Stadt. Solly fragte sich, ob nun wohl auch wieder alles anders werden würde für ihn – und zwar besser.

Er starrte erwartungsvoll das Bild von dem großen Zelt an, das gerade auf dem Bildschirm erschien. Mehr war nicht dran an der Fernsehwerbung – nur ein Foto von einem Zelt, über das die Eintrittspreise und Öffnungszeiten hinwegrollten. Aber Solly bekam trotzdem eine Gänsehaut davon.

»Da gehen wir zur Premiere hin; ja, Ma?«, verkündete Jason.

»Genau«, antwortete Sollys Stiefmutter.

Au ja, sagte Solly sich. Es war nur noch fünf Tage hin.

»Ja au!«, jubelte Mason.

»Mason, du weißt genau, dass ich diese Art zu reden nicht ausstehen kann!«, sagte seine Mutter.

»Ach Ma, das ist doch bloß Rücksprech«, sagte Mason. »Alle Kinder sprechen so.«

»Ich nicht«, murmelte Solly.

Mason hatte ihn gehört. »Alle *coolen* Kinder.«

Es klingelte erneut.

»Geht jetzt vielleicht büt-te mal jemand zur Tür?« Alle Augen richteten sich auf Solly.

Er seufzte und ging aufmachen.

Draußen stand Ruben, der vier Monate jünger als Solly war und doppelt so groß. Ruben war sein bester Freund. Mehr als sein bester Freund sogar, denn eine Zeit lang hatte Solly praktisch mit bei ihm zu Hause gewohnt. Das würde er immer noch, wenn ihn seine Stiefmutter damit hätte durchkommen lassen. »Wir sind jetzt deine Familie«, hatte sie gleich nach der Hochzeit betont. Sie sagte es immer noch manchmal, auch wenn Solly nicht ganz klar war, wen sie damit eigentlich überzeugen wollte – ihn oder sich selbst.

»Hey, Sollyrella«, begrüßte Ruben ihn und schwenkte eine Tüte.

»Du sollst das nicht zu mir sagen.«

»Wie geht's der bösen Stiefmutter?«

»Pst«, sagte Solly. »Die hat Ohren wie 'ne Fledermaus – außer wenn *ich* etwas zu *ihr* sage. Gehen wir lieber auf mein Zimmer.«

»Und? Willste mal sehen, was Grummel mir heute geschickt hat?« Grummel, so nannte Ruben seinen Opa – bloß dass der Name nicht zu ihm passte. Aber zu *Sollys* Opa väterlicherseits passte er wirklich gut. Zur Oma auch, was das anging. Was seine Großeltern mütterlicherseits betraf, so hatte er sie nie kennen gelernt. Die Oma war schon vor seiner Geburt gestorben und der Opa lebte viel zu weit weg. Solly wusste nicht einmal, wo. Seine Mama hatte es ihm bestimmt irgendwann erzählt, aber er hatte es wieder vergessen.

»Klar«, sagte Solly.

Ruben zog eine steife Hundeleine mitsamt Halsband hervor. Er hielt sie vor sich hin und tat so, als würde er mit einem Hund spazieren gehen. »Der unsichtbare Wunderhund!«, rief er aus. »Stubenrein, freundlich, pflegeleicht!«

»Dein Opa spinnt«, sagte Solly. Aber er grinste dabei. Er war Rubens Großvater nur zwei Mal begegnet, aber er erinnerte sich noch gern daran. Grummel war ein Clown, und zwar ein richtiger. Er reiste noch mehr in der Weltgeschichte herum als Sollys Vater, mit einem Zirkus nach dem anderen. Nur im Circus Lunicus war er noch nie aufgetreten. »Da arbeiten doch nur schräge Vögel«, hatte er zu Solly gesagt.

»Du meinst, weil er aus dem Weltall kommt?«, hatte Solly gefragt.

»Nein. Weil er kein Geld hat«, hatte Grummel geantwortet.

Solly lachte – aber er glaubte es nicht. Nicht mal ganz kurz.

Zweites Kapitel

Hey, vielleicht können wir mit unserem verwegenen Akro-Akt im Circus Lunicus auftreten.« Ruben warf die Arme in die Luft. »Huoppla!« Dann legte er sich auf den Boden und zog die Knie an die Brust, so dass die Füße nach oben zeigten. »Hopp, Solly!«

»Vergiss es«, sagte Solly. »Das letzte Mal, als wir das probiert haben, hast du mich fallen gelassen.«

»Diesmal lass ich dich nicht fallen. Ich hab an der Hantelbank von meinem Papa trainiert.«

Solly runzelte die Stirn. Aber er stellte sich vor Ruben hin und lehnte seinen dünnen Bauch an Rubens große Füße.

»Und nun blicken die verwegenen Zwei Tornados dem Tod ins Auge!«

»Lass mich noch mal fallen und *du* wirst dem Tod ins Auge blicken«, warnte Solly ihn und ergriff seine Hände.

»Hopp!«, bellte Ruben und hob die großen Beine

und den kleinen Solly hoch in die Luft. »Da-dada-da-da!« Er schmetterte Zirkusmusik. »Und jetzt lass meine Hände los.«

»Pass mir bloß auf«, sagte Solly und ließ vorsichtig erst die eine und dann die andere Hand los. Rubens Beine zitterten ein bisschen, aber sie gaben nicht nach. Dann fing er an Solly mit den Füßen zu drehen, langsam zuerst, dann immer schneller, bis Solly wie ein Windmessgerät herumwirbelte.

»Huuii! Huurraaa!«, jubelte Ruben.

»Aaaaaahh«, schrie Solly ängstlich, aber auch begeistert.

Etwas fiel ihm aus der Tasche, ohne dass er es merkte.

Ruben bremste langsam ab, bis Solly wieder auf seinen still stehenden Beinen hing. Solly nahm seine Hände und Ruben stellte ihn zurück auf den Boden.

»Das war toll!«, sagte Ruben.

»Hmmm, nicht schlecht«, meinte Solly.

»Ha!« Ruben lachte ihn an. Er rollte sich herum. »Was ist das denn?«, sagte er und hob etwas vom Teppich auf.

Solly warf einen Blick auf die grüne Eidechse. »Ach, das. Mein Scherzpreis. Von der alten Gruseltante«, sagte er. So nannte er seine Stiefmutter heimlich immer.

»Hey, ist doch schon besser als das Schuhputzset, das sie dir zum Geburtstag geschenkt hat – wo du doch bloß Turnschuhe anziehst.«

»Ja, aber Papa nicht«, sagte Solly. Er tat so, als poliere er die Halbschuhe seines Vaters, was ihm die alte Gruseltante neulich aufgetragen hatte – alle zehn Paar, kurz vor der Rückkehr seines Vaters von einer Geschäftsreise.

Ruben lachte, als Solly so tat, als spucke er auf den Schuh und riebe einen hartnäckigen Fleck. Dann sah Solly die Eidechse wieder an und zuckte die Schultern. »Willst du sie? Kannst sie haben.«

»Echt?« Rubens Eltern hielten nicht viel von Spielzeug, das man im Laden kaufen konnte. Meistens schenkten sie ihm Bücher. »Ehrlich?«

»Klar.«

»Danke.« Er stopfte sich die Eidechse in die Hemdtasche. Mitsamt der Packung war sie zu groß und schaute noch halb heraus. »Wollen wir das Kunststück noch mal machen?«

Solly wusste genau, dass er besser Nein sagte. Wenn etwas beim ersten Mal total glatt lief, dann probierte man es nicht gleich noch mal. Aber es hatte sich ziemlich gut angefühlt, so herumgeschleudert zu werden, und darum sagte er: »Klar. Warum nicht?«

Und natürlich, als Ruben und er gerade Höchstgeschwindigkeit erreicht hatten, öffnete sich mit einem Knall die Tür.

»Woah!«, schrie Ruben. Er zuckte vor Schreck mit den Beinen und Solly flog davon und krachte voll auf den Boden.

»Was in aller Welt geht hier vor sich?«, fragte die alte Gruseltante.

Ruben wusste nicht, was er sagen sollte, und Solly konnte nichts sagen. Er bekam keine Luft.

»Also was auch immer, jetzt ist Schluss damit. Du, junger Mann«, sagte sie zu Ruben, »gehst jetzt besser nach Hause. Und du, Solly, solltest langsam mal die Badewanne schrubben.«

»Ähm . . . Jason . . .«, brachte er japsend hervor.

»Jason arbeitet gerade an einem wichtigen Experiment.«

»Ähm . . . Mason . . .«

»Mason übt seinen Slam Dunk.«

Solly seufzte.

»Wir sehen uns morgen«, sagte Ruben und ging zur Tür.

»Momentchen mal.« Sollys Stiefmutter streckte die Hand aus und zog die Eidechse aus Rubens Brusttasche. »Was ist das denn? Bist du jetzt unter die Diebe gegangen?«

»Bin ich gar nicht. Die hat Solly mir geschenkt.«

Die alte Gruseltante starrte Solly an. Sie machte ein merkwürdiges Gesicht, verärgert und selbstzufrieden zugleich. »Du hast was?«

Auwacka, dachte Solly. Wenn er log, war Ruben sauer. Wenn er nicht log, dachte seine Stiefmutter sich sonst etwas für sein Strafregister aus. Er knabberte am Nagel seines einen kleinen Fingers. »Es stimmt, was er sagt. Ich hab sie ihm geschenkt.«

»Du hast sie verschenkt? Hättest du das auch getan, wenn sie von Dorianna gewesen wäre?«

Beim Namen seiner Mutter versteifte Solly sich. »Du bist nicht meine Mutter«, sagte er leise.

Die alte Gruseltante kniff den Mund zu einer dünnen Linie zusammen.

»Das höre ich nicht zum ersten Mal ... Tja, du wirst wohl langsam lernen müssen Dinge wertzuschätzen ...«

»Jetzt kommt's«, sagte Solly leise. Was würde es diesmal sein? Einen Monat lang Jasons und Masons Aufgaben im Haushalt mit übernehmen? Das tat er ja sowieso schon. Jeden Tag den Küchenfußboden wischen?

»Nächste Woche, wenn Jason, Mason und ich zum Zirkus gehen, dann darfst du hier bleiben und dein Zimmer in Ordnung bringen.«

»Nein!«, rief Solly. Nicht zum Circus Lunicus gehen? Nein. Er hatte sich schon gedacht, dass es schlimm werden würde, aber doch nicht so schlimm. »Ich muss zum Zirkus. Ich muss!«

»Das Einzige, was du musst, Solomon Yanish, ist auf mich hören.« Sie legte die Eidechse auf Sollys

Bett. »Und was dich betrifft, junger Mann, auf Wiedersehen.« Sie steuerte Ruben zur Tür.

Er drehte sich um und sah Solly an. »Tut mir Leid, Sollyrella«, formte er lautlos mit dem Mund.

»Ich muss«, schluchzte Solly, als die Tür zuging. Er nahm die Eidechse und warf sie quer durchs Zimmer. Die schon halb offene Packung ging ganz auf und das Gummispielzeug fiel heraus.

Solly war zu sehr mit Weinen beschäftigt, um mitzukriegen, dass es grün aufleuchtete und dann flackernd wieder verlosch.

Drittes Kapitel

Der Mond wollte Solly nicht schlafen lassen, so groß und rund stand er am Himmel. »Ist das Mondlicht nicht schrecklich?«, sagte Solly laut. Es war eine Zeile aus einem Theaterstück, in dem seine Mutter aufgetreten war. Sie war in vielen Stücken aufgetreten. Sie war eine großartige Schauspielerin gewesen. Er wusste nicht mehr genau, aus welchem Stück die Zeile mit dem Mondlicht stammte, nur dass seine Mutter darin gestorben war. Bald darauf war sie in Wirklichkeit gestorben.

Sehr lange war sie nicht krank gewesen, aber mit seinen fünf Jahren war es ihm wie eine Ewigkeit vorgekommen. Niemand hatte ihm gesagt, was nicht stimmte. Er hatte nur mitbekommen, dass seine Mama einen Haufen Unsinn erzählte und vieles nicht mehr verstand. In der Nacht, als sie starb, war er bei Ruben drüben gewesen. Sein Papa war hereingerauscht gekommen und hatte irgendetwas davon gefaselt, dass sie ganz grün werde. Es hatte

Solly einen Riesenschreck eingejagt, weil er dachte, dass Papa jetzt auch diese Krankheit hatte. Carlos Ramirez, Rubens Vater, hatte Papa wieder beruhigt und dann waren die beiden Männer weggegangen. Zwei Tage später, Solly war schon im Bett gewesen, kehrte Carlos zurück und sagte leise: »Tut mir Leid, Solly. Deine Mutter ist von uns gegangen.« Sein Vater hatte nicht darüber reden wollen – über Mama. Er hatte ihre ganzen Fotos, Briefe, Notizbücher, Andenken weggeworfen. Er hatte sich geweigert, auch nur eine von Sollys Fragen zu beantworten. Inzwischen konnte Solly sich an seine Mutter nur noch bruchstückhaft erinnern: an eine Zeile aus einem Stück, an eine Hand auf seiner Wange, an den Kupferglanz ihrer Haare, daran, wie sie mit den Sternen am Himmel Punkte verbinden spielte. Aber sie fehlte ihm gewaltig, vor allem in Nächten wie dieser.

»Ich glaube, ich werde Papa schreiben«, sagte er zum Mond. Er stand auf, setzte sich an seinen Schreibtisch, zog ein Blatt Papier hervor und schrieb: *Lieber Papa, wie läuft's da drüben in Boldwangia? Hast du schon irgendwelche neuen Märkte für Ravon Cosmetics aufgetan?* Solly strich den zweiten Satz aus. Er interessierte sich nicht für Make-up oder dafür, wo man es verkaufen konnte, und er wollte auch nicht so tun als ob. Er sah wieder aus dem Fenster, dann fuhr er fort: *Ist bei dir heute auch Vollmond? Wenn du das nächste Mal fährst, nimm mich mit. Ruben und ich üben eine Zirkusnummer. Da ist noch viel zu tun. Der Circus Lunicus kommt in die Stadt. Weißt du noch, wie sehr Mama den gemocht hat?*

Er hielt inne. Das war auch noch eine Erinnerung an sie, und die hatte sich ihm besonders eingeprägt: wie aufgeregt sie gewesen war, wenn der Zirkus kam, und wie traurig, wenn er weiterzog, wie ein Kind am Tag nach Weihnachten. *Die alte Gruseltante . . .* Hoppla, dachte er und strich das durch. *Casey will mich nächste Woche nicht zum Zirkus gehen lassen. Komm bitte nach Hause. Liebe Grüße, Solly.*

Er las sich den Brief noch einmal durch. Würde sein Papa ihn bekommen, dort drüben in Boldwangia? Würde er ihn lesen? Und würde das irgendetwas ändern? Solly faltete das Blatt, steckte es in einen Umschlag, adressierte ihn und klebte eine von den Briefmarken darauf, die er der alten Gruseltante aus der Schreibmappe gemopst hatte. Dann zog er seine Schlabberjeans über die Schlafanzughose und schlich aus dem Zimmer und durch die Hintertür nach draußen, immer dicht am Haus entlang, damit ihn niemand sah.

Der Briefkasten stand ein Stück die Straße hinunter. Um zwei Uhr morgens war niemand unterwegs. Papa sagte immer, dass sie in Mintzville nach zehn Uhr abends die Bürgersteige hochklappten. Diesen Spruch hatte er sich nicht selbst ausgedacht, aber er sagte ihn immer so, als ob er von ihm wäre. Na ja, dachte Solly, die Bürgersteige sind immer noch unten. Aber die Stadt sah wirklich anders aus. Schöner, mit diesem silbernen Mondschein, der auf allem lag. Der Schotter in der Auffahrt von Mister Harris funkelte wie ein Weg aus Diamanten. Das Vogelbad von Misses Vitale schimmerte wie ein Pokal. Außerdem machte das Mondlicht alles gruseliger. Es warf Schatten, wo Solly noch nie Schatten gesehen hatte. In denen konnte sich alles Mögliche verstecken. Alles Mögliche.

Als Solly an Rubens Haus vorbeikam, das genauso dunkel und still dalag wie alle anderen, überlegte er kurz ein paar Steinchen an das Fenster seines Freundes zu werfen, um ihn zu wecken. Aber dann ließ er es lieber bleiben. Bald war er beim Briefkasten angekommen.

Er versuchte die Klappe zu öffnen, aber sie klemmte. Oh Mann, das musste Nemo Blatz gewesen sein. Nemo und seine beiden Kumpels Ferd und Doug waren die bösen Jungs von Mintzville. Sie stellten ständig etwas an, machten die Briefkästen kaputt oder übermalten die STOP-Schilder, so dass dort SFÖB stand. Solly seufzte. Er konnte den Briefkasten in der Loomis probieren. Aber der war beim Haus des Sheriffs (weswegen Nemo und seine Jungs ihn normalerweise nicht anrührten). Solly wollte es nicht darauf ankommen lassen, dass der Sheriff, der für seinen leichten Schlaf bekannt war, ihn sah und der alten Gruseltante Bescheid sagte. Sie würden beide wissen wollen, warum es nicht bis zum Morgen hatte warten können, den Brief einzuwerfen – und er würde ihnen nie im Leben klar machen können, dass er den Brief unbedingt sofort hatte abschicken müssen.

Es gab noch einen Briefkasten, den Nemo und die Jungs bestimmt in Ruhe gelassen hatten. Er stand bei der alten Jahrmarktswiese. Kaum jemand benutzte ihn, weil Misses Perlovsky immer erzählte, wie einmal ein grüner Schuppenarm aus der Klappe gekommen war und sich ihren Brief gegriffen hatte. Der Mann von der Post meinte, dass sie an dem Abend wohl zu viel von ihrem Früchtebrot gefuttert habe. Er hole seit Jahren die Post aus diesem Kasten und habe noch nie irgendeinen Arm dort herauskommen gesehen, geschweige denn einen grünen mit Schuppen.

Solly sagte sich, dass er keine Angst vor grünen Schuppenarmen hatte – jedenfalls keine große –, und machte sich auf den Weg zu dem Briefkasten. Er ging schnell. Obwohl sie Juni hatten, war die Nachtluft noch kühl. Badengehen im Mondschein war noch ein paar Wochen hin.

Die Häuser wurden weniger. Die Geräusche der

Grillen wurden lauter. Bald hörte Solly auch noch andere Geräusche – merkwürdige Geräusche, wie Pferdegetrappel, nur tiefer, schwerer, und gedämpfte Musik, wie aus einer in Decken eingewickelten Orgel.

Als er bei der Jahrmarktswiese ankam, blieb Solly stehen und holte scharf Luft. Am anderen Ende der Wiese standen ein Haufen Wagen herum. Aus ihnen strömten jede Menge Leute, die sich wie in einer Prozession auf die Wiesenmitte zubewegten. Leute, dicke und dünne, kleine und große, in weite Gewänder mit Kapuzen gehüllt wie eine Gruppe Mönche. Und Tiere. Pferde, so groß wie Elefanten. Elefanten, so klein wie Ponys. Und noch andere Tiere. Längliche, huschende Tiere. Sie riefen den Geruch von Sägemehl wach, das Gefühl von harten Holztribünen, die Klänge einer pfeifenden Dampforgel: Alligatoren. Musikalische Alligatoren, die sich summend dorthin schlängelten, wo bald das Hauptzelt stehen würde.

Solly war klar, dass diese Alligatoren nur eines bedeuten konnten – der Circus Lunicus war wieder in der Stadt.

Viertes Kapitel

Schnell und langsam. Flink und träge. Nichts und alles. Solly fielen lauter Gegensätze ein, während er zusah, wie der Circus Lunicus aufgebaut wurde. Er war so dicht an den Trupp herangeschlichen, wie er konnte, und spähte hinter einem Wagen hervor. Die Zirkusleute schienen sich auf zwei Arten zugleich zu bewegen. Ebenso präzise wie durchgedreht. Manchmal schienen sie stillzustehen, dann wieder bewegten sie sich so schnell, dass man ihnen kaum mehr mit den Augen folgen konnte. Es war seltsam. Es war faszinierend. Solly hatte das Gefühl, ihnen die ganze Nacht lang zusehen zu können.

Ab und zu tauchte jemand auf, der wie ein normaler Mensch zu gehen oder etwas hochzuhalten oder zu tragen schien. Aber Solly konnte kein einziges Gesicht erkennen, weil keiner von ihnen je seine Kapuze abnahm.

Er wollte einen besseren Blick bekommen. Leise

wie ein Dieb glitt er langsam die Rückseite des Wagens entlang und huschte dann zu einem zweiten. Er rechnete nicht damit, dass dort hinten jemand war, und darum erschrak er sehr, als ein Stück weiter auf der Wiese eine Gestalt im Mondlicht stand. Es war ein Mädchen. Die Kleine hatte keine Kapuze auf und sie lief immer wieder im Kreis herum und sah dabei zum Himmel. Über allem Geflatter der Zeltbahnen und Geklopfe der Hämmer, Schnauben der Pferde und Summen der Alligatoren, die Reptilienlieder zum Besten gaben, hörte Solly deutlich, dass sie weinte. Er überlegte, ob er vielleicht etwas zu ihr sagen sollte.

»Ju-unge«, erklang eine tiefe, schleppende Männerstimme neben Sollys Ohr.

»Wah!«, schrie er und machte einen Satz. Er fuhr herum. Neben ihm stand eine große Gestalt mit einer Kapuze über dem Kopf. Er hatte sie gar nicht kommen hören.

»Nun sei aber leise«, sagte der Mann. »Wir wollen die Na-achbarn doch nicht wecken.« Seine seltsame Stimme, die manche Silben merkwürdig lang zog, war sanft, gruselig und nicht zu verwechseln.

Solly schluckte schwer. Er wollte weglaufen. Gleichzeitig wollte er bleiben und jedem Wort lauschen, das der Mann von sich gab. »Ich – ähm – tut mir Leid, Herr Zirkusdirektor«, stammelte er und fuhr sich nervös durch die Haare. Was soll ich jetzt bloß sagen? *Ich bin einer Ihrer größten Fans, Herr Direktor. Ich habe Ihr Autogramm, Herr Direktor. Seien Sie mein Freund, Herr Direktor.* Nein, das war blöd!

»Weißt du, wie la-ange du uns jetzt schon zusiehst, Ju-unge?«, fragte der Zirkusdirektor.

»Nein, keine Ahnung«, sagte Solly ehrlich.

»Siebenundvierzig Minuten«, sagte der Mann. »Man mu-uss dafür bezahlen, da-ass man dem Circus Lunicus siebenundvierzig Minuten la-ang zusehen darf, Ju-unge.«

»Aber, äh, Sie geben doch gerade gar keine Vorstellung«, sagte Solly und staunte selbst, dass er ihm zu widersprechen wagte.

»Alles, was wir tun, ist eine Vorstellung!«, erklärte der Zirkusdirektor mit einer anderen, herrischen Stimme. »Das macht zwei Do-ollar und sechsundfünfzig Cents.«

»Aber ich hab keine zwei Dollar und sechsundfünfzig Cents«, sagte Solly. »Ich hab überhaupt kein Geld dabei. Hören Sie, ich wollte bloß einen Brief einwerfen . . . Hoppla, wo ist mein Brief geblieben?«

»Dort«, sagte der Mann, ließ eine Hand hervorschießen und zeigte zu Boden, wohin der Brief aus Sollys Tasche gefallen war.

»Woah!«, japste Solly. Die Hand hatte Klauen und war geschuppt. Solly schnappte sich seinen Brief und wollte abhauen. Aber der Mann war schneller.

Seine Hand schloss sich um Sollys Schulter. Und als Solly dorthin sah, war es eine ganz gewöhnliche, wenn auch fleischige Männerhand. Träume ich?, dachte er.

»Wenn du keine zwei Do-ollar sechsundfünfzig Cents hast, dann ka-annst du deine zwei Do-ollar sechsundfünfzig Cents auch abarbeiten.«

»Arbeiten? Für Sie?«, fragte Solly. Der Griff des Zirkusdirektors war nicht grob, aber fest, und Solly wollte sich nicht streiten. Aber er war ganz verdattert.

»Warum nicht? Ist Zirkusarbeit unter deiner Wüürde?«

Anstatt ihn zum Schweigen zu bringen sorgte der leicht höhnische Tonfall des Zirkusdirektors dafür, dass Solly herausplatzte: »Nein! Ich finde den Zirkus *toll.* Ich bin ständig mit meinen Eltern hingegangen. Meine Mama – sie hat mir Ihr Autogramm geschenkt. Das ist ganz lange her. Ich hab es immer noch. Sie hat mir nie erzählt, wie sie es bekommen hat . . .«

»Deine Mu-utter muss sehr überzeugend sein«, sagte der Zirkusdirektor und diesmal klang er wie? – überrascht, verärgert, beunruhigt, amüsiert, freundlich, alles zugleich? Solly wusste es nicht recht. Auf jeden Fall hatte Solly seine Mutter so noch nie gesehen. »Das war sie wohl«, sagte er nachdenklich.

Der Zirkusdirektor sagte nichts und führte Solly von dem Hauptzelt weg. »Was soll ich denn machen?«, fragte Solly verwirrt. »Die Stangen mit aufstellen? Die Zeltbahnen ausrollen?«

»Da-as übernehmen die Arbeiter«, sagte der Mann.

»Sägemehl ausstreuen? Die Tiere füttern?«

Der Zirkusdirektor blieb mitten auf der Wiese stehen. »Hier.« Er zog eine kleine Schaufel unter seiner Kutte hervor.

»Hier?«, fragte Solly. »Was soll ich hier denn tun?«

»Würmer ausgrabe-en.«

»Würmer?«

»Ja. Haben eine-en hohen Nährwert.«

»Ach so«, sagte Solly. Er fragte sich, welche von den Tieren wohl Würmer fraßen. Pferde oder Elefanten nicht. Vielleicht die Alligatoren . . .

»Fa-ang an«, sagte der Zirkusdirektor. »Wenn du lä-änger als siebenundvierzig Minuten arbeitest, bezahlen wir dich.« Er ging davon.

»Äh, Moment mal«, rief Solly.

»Ja?« Der Mann drehte sich wieder zu ihm herum.

»Wo kann ich sie reintun?«

»Hier«, sagte der Zirkusdirektor und zog einen Eimer aus dem Ärmel seiner Kutte.

»Danke«, sagte Solly und nahm ihn. Der Zirkusdirektor nickte und ging. Solly stellte den Eimer hin und fing zu graben an.

Die Erde war feucht und fett. Es gab massenhaft Würmer hier, und wie man sie fand, das wusste Solly. Als er klein gewesen war, war er oft mit seinem Vater zum Angeln gegangen. Sie hatten nie viel gefangen, aber das schien nicht so wichtig gewesen zu sein. Nachdem seine Mutter von ihnen gegangen war, hatte sein Vater lange Zeit nirgendwo mehr hingehen wollen. Dann hatte er die alte Gruseltante kennen gelernt. Sie war Krankenschwester. Sie hatte ihm Blut abgenommen und dann hatte sie sein Leben in die Hand genommen. Nun war Sollys Vater nie mehr zu Hause. Und er und Solly gingen nie mehr angeln.

Solly warf den letzten Wurm in den Eimer, der schon am Überquellen war, und stand auf. Er brannte darauf, wieder zu den Zelten zu kommen und sich den Zirkus aus der Nähe anzusehen. Er fragte sich, ob das kleine Mädchen immer noch da war, und wenn ja, ob es immer noch weinte. Aber da stand schon der Zirkusdirektor vor ihm und streckte die Hand vor. Diesmal schaffte Solly es, nicht vor Überraschung aufzuschreien.

»Du ha-ast gute Arbeit geleistet«, sagte der Mann und nahm den Eimer.

»Ich bin gut im Würmersuchen«, sagte Solly.

»Du ha-ast neunundachtzig Minuten gearbeitet.«

»Ehrlich?« Es war ihm gar nicht so lang vorgekommen.

»Wir werden di-ich bezahlen.« Der Mann drückte Solly einen kleinen Umschlag in die Hand.

»Hey, danke!«

Der Mann wandte sich zum Gehen.

»Ich kann morgen Nacht wieder herkommen und Würmer ausgraben, wenn Sie wollen«, sagte Solly. Er konnte es selber kaum fassen, dass er das sagte.

Der Zirkusdirektor gab keine Antwort.

Solly schaute zu, wie er in den Schatten der Zelte verschwand. Dann schlurfte er zu dem Briefkasten, warf den Brief ein und ging heim. Er war schon fast da, als er erst den Umschlag öffnete. Darin steckte ein kleiner Zettel, auf dem stand: *Gutschein für 1 Freigetränk beim Kauf einer Eintrittskarte.* Rubens Opa hatte Recht. Der Circus Lunicus hatte wirklich kein Geld.

Fünftes Kapitel

Es dämmerte schon fast, als Solly wieder zu Hause war. In wenigen Stunden fing die Schule an. Der vorletzte Tag vor den Sommerferien. Obwohl Solly kein guter Schüler war, tat es ihm Leid, dass die Schule aufhörte. Dort hatte er wenigstens seine Ruhe vor der alten Gruseltante und ihren endlosen Haushaltsaufträgen.

Mit einem Seufzer schlüpfte er durch die Hintertür in die Küche. Das ganze Zuschauen, Würmersuchen und Laufen hatte ihn durstig gemacht. Er trank zwei große Gläser Wasser, dann goss er sich ein drittes ein und trug es vorsichtig zu seinem Zimmer hinauf, wo er es auf den Nachttisch stellte. Er machte gerade den Reißverschluss seiner Jeans auf, da blendete ihn der Strahl einer Taschenlampe und jemand, der eine schlechte Imitation von der alten Gruseltante abgab, sagte: »Und wo bist du zu dieser nachtschlafenden Stunde gewesen, junger Mann?«

Erschrocken wedelte Solly mit den Armen und schaffte es irgendwie, nicht umzufallen. Der Strahl wanderte von seinem Gesicht weg und erleuchtete gespensterhaft von unten das seines Besuchers. Es war sein Stiefbruder Jason. Wenn Solly eine Wahl gehabt hätte, wäre ihm Mason lieber gewesen. Der war stark und hatte ein bisschen was von einem Schläger. Jason dagegen war schlau und hatte sehr viel von einem Fiesling.

»Hab mir was zu trinken geholt«, sagte Solly.

»Ach ja?«, sagte Jason. »Dann ziehst du immer deine Jeans an, wenn du dir ein Glas Wasser holst?«

»Mir war kalt«, antwortete Solly lahm.

»Ja klar.« Jason ließ den Strahl seiner Taschenlampe über Sollys Hose wandern. Die Knie waren dreckig und feucht. »Dann hast du dir wohl einen Brunnen gegraben.«

»Ich hab nach Würmern gegraben«, sagte Solly. Er brauchte ja nicht zu sagen, für wen.

»Ja klar«, sagte Jason.

Bevor er ihn noch etwas fragen konnte, sagte Solly: »Was hast du überhaupt in meinem Zimmer zu suchen?«

»Ich dachte, du hast vielleicht Lust, an meinem nächsten Experiment teilzunehmen.«

Solly zuckte zusammen. Er hatte schon früher an Jasons Experimenten teilgenommen. Einmal hatte

Jason ihm Parfüm auf den einen Arm und Möbelpolitur auf den anderen gesprüht, ihn dann in ein Zelt gesperrt und ein Glas mit Moskitos aufgemacht, um zu testen, welcher Arm mehr Stiche abbekam. Ein anderes Mal vereiste er Sollys Zunge mit einem Eiswürfel und ließ ihn dann versuchen, ob er drei Sachen schmecken konnte: Schokolade, Zitrone und extrem verfaulten Fisch. Der einzige Grund, warum Solly zur Teilnahme an seinen Experimenten bereit war, bestand darin, dass Jason immer für ihn das Katzenklo sauber machte und die Katze der alten Gruseltante fütterte. Sie hieß Fregatte und war die einzige Kampfkatze, die Solly je gesehen hatte – und die einzige Person, mit der Fregatte je kämpfen wollte, war Solly.

»Nein, keine Experimente mehr«, sagte Solly.

»Ach, warum denn nicht?«, fragte Jason. Er ging die ganze Zeit im Zimmer umher, hob Sollys Sachen auf und legte sie verkrumpelt oder schief oder verkehrt herum wieder hin.

»Du weißt, warum«, sagte Solly.

»Na ja, dann werde ich wohl damit aufhören müssen, mich um Fregatte zu kümmern, und dann kannst du das wieder machen!«

»Oh nein. So haben wir das nicht abgemacht.«

»Nicht? Hmm, ich hätte schwören können, dass es so gewesen ist. Jedenfalls, wenn du das nicht tun willst und ich das nicht tun will, dann wird die arme Fregatte eben verhungern müssen. Da wird Mama aber sauer sein.«

»Soll sie doch«, murmelte Solly. Es gab ja nicht mehr viel, was sie ihm antun konnte.

»Und wenn Mama sauer ist, dann wird sie es sich nie im Leben anders überlegen mit dem Zirkus.«

»Sie wird es sich so oder so nicht anders überlegen«, sagte Solly. Die alte Gruseltante hatte ihm noch kein einziges Mal eine Strafe erlassen.

»Sie könnte ja vielleicht von ihrem Lieblingssohn dazu überredet werden.« Jason hob etwas vom Boden auf und ließ es von der Hand herunterbaumeln.

»Und welcher Sohn soll das sein?«, sagte Solly leise. Dann verlangte er lauter und mit Masons heiserer Stimme: »Hey, Ma, Solly darf doch mit zum Kus-zir, oder?«

Sollys Tonlage stieg um eine Oktave an. »Zum Kussier? Was ist das denn für ein Gerede?« Er sagte jedes Wort ganz spitz, wie die alte Gruseltante es tat.

»Ach Ma, das ist doch bloß Rücksprech«, sagte Solly rau und klang nun wieder wie Mason.

Jason stieß ein kurzes, überraschtes Lachen aus. Hätte Solly in dem Augenblick sein Gesicht gesehen, dann wäre ihm darin vielleicht eine Art belustigter Respekt aufgefallen. Dann zuckte Jason die Schultern. »Na schön, wenn du kein Interesse an einem fairen kleinen Tauschgeschäft hast ...« Er wandte sich zum Gehen.

»Warte«, sagte Solly und versuchte sich die Verzweiflung nicht anmerken zu lassen. »Einverstanden. Du redest mit Casey und ich mach bei deinem Experiment mit. Worum geht es diesmal? Wovon ich einen schlimmeren Ausschlag kriege, von Brennnesseln oder von Kekskrümeln in der Hose? Wann mir schwindeliger wird, wenn ich im Trockner rumgeschleudert werde oder wenn du und Mason mich vierzig Mal hin- und herschwingt?«

Jason grinste. »Nein, so etwas doch nicht. Das Experiment wird dir gefallen. Wart's nur ab.«

»Na schön, dann los, bringen wir's hinter uns«, sagte Solly.

»Jetzt nicht«, erklärte Jason. »Morgen Nacht, bei Vollmond.«

»Ich dachte, heute ist Vollmond.«

»Fast, Solly, fast. Aber nicht ganz. Morgen Nacht. Okay?«

»Okay«, willigte Solly ein.

»Gut.« Jason warf mit dem Ding in seiner Hand nach Solly.

Solly hätte sich fast weggeduckt, aber dann fing er es doch. Es war diese blöde Eidechse von der alten Gruseltante.

»Morgen Nacht«, sagte Jason noch einmal und glitt aus dem Zimmer.

Solly sah auf die Eidechse hinab und seufzte. »Was für eine Nacht«, sagte er und ließ sie in das Wasserglas auf dem Nachttisch gleiten. »Was für eine Nacht.«

Sechstes Kapitel

Sie sind da«, flüsterte Ruben am nächsten Tag von seinem Pult zu Solly hinüber. Solly war heute spät dran gewesen, darum hatte Ruben nicht wie sonst auf ihrem gemeinsamen Schulweg mit ihm reden können. »Der Circus Lunicus ist da.«

»Ich weiß«, sagte Solly und gähnte. Der Morgen war hart gewesen. Die alte Gruseltante hatte ihn geweckt – und das versuchte er wegen ihrer ständigen *Unds* immer zu vermeiden. »Aufstehen, Solly, *und* Zimmer aufräumen. Aufstehen, Solly, die Schule fängt gleich an *und* könntest du die Badewanne schrubben, wenn du nach Hause kommst ...« Diesen Morgen waren es gleich mehrere *Unds* gewesen. »Aufstehen, Solly, *und* dass du mir nachher ja die Wäsche machst *und* was um Himmels willen ist das denn für ein hässliches Vieh *und* warum hast du es hier ohne einen Untersatz hingestellt ...« Er hatte kaum die Zeit gehabt, einen Blick auf das Glas mit der Eidechse zu werfen, die um das Vierfache angeschwollen war, da hatte die alte Gruseltante schon weiter auf ihn eingeredet. »Mach das noch ein Mal *und* du wirst lernen müssen, wie man ruinierte Holzoberflächen wieder in Ordnung bringt!«

»Der Circus Lunicus!«, wiederholte Ruben. »Sie sind ein paar Tage früher gekommen. Grummel meint, sie kommen sonst immer erst am Tag vor der Premiere.«

»Ich weiß«, sagte Solly wieder, obwohl er daran eigentlich gar nicht gedacht hatte.

Ruben hörte ihn nicht. Zum einen war er viel zu aufgeregt über diese Neuigkeit. Zum anderen war Heulsuse Snellivitch wie immer dermaßen am Jammern, dass man kaum sein eigenes Wort verstand.

»Ich hab halt *gedacht*, dass Mama mir erlaubt Piggy über die Ferien mit zu uns zu nehmen, aber gestern Abend hat sie dann gesagt, dass es nicht geht ...«, greinte Suse und sah zu dem Klassen-Meerschweinchen hinüber.

Miss Montrose, ihre Lehrerin, kam kaum zu Wort. »Das ist natürlich ein Problem ...«, sagte sie.

»Ich hab's heut Früh im Radio gehört«, fuhr Ruben fort. »Sie haben sich mitten in der Nacht in die Stadt geschlichen. Niemand hat es mitgekriegt.«

»Einer schon«, sagte Solly, aber Ruben hörte ihn wieder nicht.

»Wir fahren nach Island, wissen Sie ...«, flennte Suse. »Ich meine, wer fährt denn schon nach Island in Urlaub – niemand, stimmt's? Aber wir fahren für *drei* Wochen und nun ist keiner da, der Piggy füttern oder seinen Käfig sauber machen kann ...«

»Also, wer aus der Klasse könnte sich denn ...«, versuchte Miss Montrose dazwischenzukommen.

»... oder mit ihm spielen oder aufpassen, dass er nicht von einer Katze gefressen wird ...«, jammerte Suse.

»Wir müssen gleich nach der Schule zur alten Jahrmarktswiese und uns alles angucken«, sagte Ruben.

»Ich weiß nicht, ob das so eine gute Idee ist«, sagte Solly.

»Vielleicht können wir ihnen unsere Nummer vorführen ...«

»Hör mal, Ruben, ich muss dir was sagen ...«

»Ja ja, schon gut, Suse ... ich meine, Sheila«, sagte Miss Montrose. »Bestimmt kann jemand anders Piggy nehmen.«

»Mir ist schon klar, dass wir noch ein bisschen dran arbeiten müssen«, sagte Ruben, »aber ein paar von den Akrobaten dort können uns bestimmt ein paar gute Tipps geben ...«

»Ruben, buddelst du gern in der Erde rum?«, fragte Solly.

»Irgendjemand hier aus der Klasse?«, flehte Miss Montrose.

»Dann gehen wir also, ja?«, sagte Ruben. »Gleich nach der Schule.«

Nun mach schon, Solly. Sag's ihm. Sag ihm, dass du den Zirkusdirektor getroffen hast. Erzähl ihm, wie er so war. Hmmm, wie *war* er denn so? Solly wurde klar, dass er das wirklich gern wissen würde. »Klar, warum nicht«, sagte er genau in dem Moment zu Ruben, als es in der Klasse mucksmäuschenstill war.

»Ja wunderbar, Solly!«, rief Miss Montrose. »Unser Retter in der Not.« Sie holte eine Tüte unten aus dem Lehrertisch heraus, auf dem Piggys Käfig stand, und wuchtete sie auf Sollys Tisch.

»Häh?« Solly starrte seine Lehrerin an. »Was ist das denn?«

»Meerschweinchenfutter. Damit müsstet ihr die ganzen großen Ferien über hinkommen.«

»Und wieso soll ich Meerschweinchenfutter essen?«

»Du doch nicht. Piggy«, sagte Miss Montrose und die Klasse lachte. »Also, am besten nimmst du Piggy heute schon mit nach Hause, damit er sich an dein Zimmer gewöhnen kann. Er wird doch in deinem Zimmer stehen, oder?«

Junge, Junge. Was ist denn nun passiert?, dachte Solly zuerst. Dann dachte er: Das wird der alten

Gruseltante aber gefallen. »Ja klar, er wird wohl in meinem Zimmer stehen«, sagte er.

»Gut. Dann nimm ihn doch gleich nach der Schule mit nach Hause.«

»Aber das geht nicht, Miss Montrose«, sagte Ruben. »Nach der Schule wollen wir ...«

Solly warf ihm einen Blick zu.

»Wollt ihr was?«, fragte Miss Montrose.

»Würmer suchen«, sagte Solly. »Nach der Schule wollen wir nach Würmern graben.«

»Also, das könnt ihr ja bestimmt noch machen, nachdem du Piggy nach Hause gebracht hast«, sagte sie mit einer hochgezogenen Augenbraue. Dann wandte sie sich ab, um etwas an die Tafel zu schreiben.

»Würmer suchen? Guter Witz«, flüsterte Ruben.

»Wieso Witz«, antwortete Solly.

Siebtes Kapitel

Auf Zehenspitzen versuchte Solly hinauf zu seinem Zimmer zu schleichen, aber das war nicht so einfach mit einem sperrigen Meerschweinchenkäfig vor der Brust. Wenn er es dort hineinschaffte, ohne dass die alte Gruseltante ihn erwischte, dann war er einigermaßen sicher. Seine Stiefmutter kam nicht oft in sein Zimmer – meist nur, wenn sie ihn wecken musste, wie heute Morgen, und da das Schuljahr fast vorbei war, würde sie das wochenlang nicht mehr tun müssen.

Wie sich herausstellte, war die alte Gruseltante gar nicht zu Hause. Aber Jason.

»Aha! Ist das ein Meerschweinchen, das ich da sehe?«, rief er.

Solly hätte den Käfig beinahe fallen gelassen. »Lass das gefälligst, Jason!«, schrie er. »Schleich dich nicht immer so an mich ran!«

»Hmmm, es gibt da ein Experiment, das ich schon immer mal durchführen wollte. Mir fehlte nur noch ein Versuchstier dafür ...« Jason grinste sein schlangenmäßiges Grinsen. Es hätte Solly nicht überrascht, wenn dabei seine Zunge raus- und reingezischt wäre.

»Wenn du versuchst an diesem Meerschweinchen ein Experiment durchzuführen, dann erzähl ich Papa, was mit seinem selbst gefangenen Schwertfisch wirklich passiert ist.« Solly kam damit klar, Jasons Versuchstier zu sein, aber er würde es nie zulassen, dass ein echtes Versuchstier als Versuchstier herhalten musste. »Ich hab doch bloß ein Experiment zur Schwimmfähigkeit von Möbelpolitur durchgeführt.« Solly imitierte Jasons Unschuldsmiene und Stimme bis ins kleinste Detail.

Jason verging das Grinsen. Es war eine Sache, wenn Solly seine Mutter und seinen Bruder nachäffte, und eine völlig andere, wenn er selbst nachgeäfft wurde. Außerdem hatte er ein bisschen Angst vor Sollys Vater und das wusste Solly. »Dein Papa ist in Boldwangia«, versuchte Jason zu höhnen, aber er klang ein bisschen nervös.

»Nicht für immer«, sagte Solly und bereute es sofort, weil Jason prompt ein »Hoffst du« hinterherschob und wieder grinste.

»Blödmann«, sagte Solly leise und schob sich an ihm vorbei in sein Zimmer.

»Denk an das Experiment heute Nacht«, rief Jason ihm nach.

»Denk du lieber daran, mit deiner Mutter zu reden«, rief Solly zurück, aber mit wenig Nachdruck. Er glaubte nicht, dass irgendjemand sie umstimmen konnte. Trotzdem war es einen Versuch wert – und auch einen Arm, ein Bein, seinen Po oder was immer Jason diesmal für sein Experiment benötigte. Solly trat die Tür hinter sich zu und seufzte.

Eigentlich war auf seinem Schreibtisch nicht genug Platz für das Meerschweinchen, aber Solly hatte keine Zeit. Er wollte in fünf Minuten bei Ruben sein. Ich sehe mich später nach einem besseren Platz um, dachte er und stellte den Käfig neben einen Bücherstapel. Dann nahm er seinen Rucksack ab, der schwer vom Meerschweinchenfutter war, und warf ihn auf das Bett – was ihm einen kurzen Blick auf seinen Nachttisch und das Glas mit der Eidechse gestattete.

Heilige Ravioli! War die gewachsen. Sie ragte mindestens fünfzehn Zentimeter über das Glas hinaus. Solly hatte noch nie so ein Viech dermaßen wachsen gesehen. Vielleicht war es eine neue, besondere Sorte. Er fragte sich, ob sie wohl noch größer werden würde. Aber bräuchte sie dann nicht ein größeres Gefäß?

So große Gläser gab es im ganzen Haus nicht. Aber irgendwo im Keller stand noch ein alter Eimer aus Metall. Der reichte vielleicht. Solly steckte den Kopf aus der Tür. Jason schien gegangen zu sein.

Gut. Solly hatte sowieso keine Lust auf weitere Gespräche. Er eilte die Treppe hinunter.

Der Keller war aufgeräumter als letztes Mal. Die alte Gruseltante hatte einiges weggeworfen und sortiert. Sie machte wirklich gern Ordnung. Wenn sie einen ihrer Ordnungsanfälle hatte, fand man hinterher nichts mehr. Solly musste ganz schön herumstöbern, bis er den Kübel schließlich hinter einigen lausigen Bildern ausfindig machte, die seine Stiefmutter letztes Jahr während eines Malkurses fabriziert hatte. Es sollten Portraits von Jason und Mason sein, aber die beiden sahen aus, als hätte ein Elefant auf ihren Gesichtern gesessen. Selbst Papa hatte sich dagegen gesperrt, die Bilder im Wohnzimmer aufzuhängen.

Neben den Ölschinken befand sich ein Karton, den Solly noch nie gesehen hatte. Sein Name stand darauf. Obwohl er wusste, dass er dann zu spät zu Ruben kommen würde, verspürte er das plötzliche Bedürfnis, einen Blick hineinzuwerfen. Er öffnete rasch den Deckel. Sein Herz machte einen Satz. Da drin lagen seine alte Stoffschildkröte, ein hellgrüner Pullover, den Mama für ihn gestrickt hatte, ein ebenfalls selbst gemachtes Dinosaurierkostüm, ein Marmeladenglas mit Steinen in verrückten Farben und noch andere Sachen, an die Solly sich zwar noch gut erinnerte, die er aber für längst verschollen gehalten hatte. Seine Augen fühlten sich wässrig an, als er eine Sternenkarte herausholte. (»Hier ist Orion, hier ist Cassiopeia«, konnte er Mama sagen hören.) Darunter lag etwas, das er noch nie gesehen hatte: ein Skizzenbuch. Auf dem Umschlag stand der Name seiner Mutter, Dorianna, geschrieben in acht verschiedenen Farben.

Er schlug es auf. Die erste Zeichnung zeigte ihn, viel jünger, mit Babyspeck und in tiefem Schlummer. Die zweite Skizze, sein Vater in der Hängematte, ebenfalls schlafend, war auch gut. Aber die dritte Zeichnung war absolut bemerkenswert. Sie zeigte den Circus Lunicus, die Ränge voller Menschen, die Clowns, die Alligatoren und die Akrobaten, wie sie in der Manege herumstolzierten, und dort, im Zentrum, den Zirkusdirektor bei der Begrüßung der Zuschauer. Während Solly die Skizze anstarrte, hätte er schwören können, dass die Artisten sich bewegten. Er schüttelte staunend den Kopf. Er hatte keine Ahnung gehabt, dass seine Mama neben ihren vielen anderen Talenten auch noch eine dermaßen gute Künstlerin gewesen war. Er wollte sich gern das ganze Buch ansehen, und zwar in aller Ruhe. Da fiel ihm ein, dass Ruben wartete.

Solly rieb sich die Augen, klemmte das Buch unter den Arm, schnappte den Eimer, raste nach oben, warf das Buch widerwillig in seine Schreibtischschublade, füllte den Eimer im Badezimmer mit

Wasser und trug ihn auf sein Zimmer. Er nahm das Glas vom Nachttisch und zog die Eidechse heraus. Sie fühlte sich komisch an. Anstatt glatt und gummiartig zu sein, war sie rau und beinahe schuppig. Voll seltsam, dachte er. Es muss *wirklich* eine neue Sorte sein. Er legte sie vorsichtig ins Wasser und stellte den Eimer, der für den Nachttisch zu groß war, neben das Bett.

Dann flitzte er zu Ruben rüber.

* * *

»Von wegen fünf Minuten!«, sagte Ruben.

»Tschuldige. Aber ...« Ich hab diese Skizzen gefunden. Von meiner Mama, wollte er sagen. Aber der Fang war noch zu frisch.

»Aber was?«

»Jason. Hat mir aufgelauert.«

»Dieser Stinker«, sagte Ruben. »Wenn du willst, dass ich ihn ausknocke, sag mir Bescheid. Jederzeit.« Soweit Solly wusste, hatte Ruben noch nie jemanden ausgeknockt. Aber es war nicht das erste Mal, dass er Solly anbot Jason zu verkloppen. Manchmal verlockte es ihn, Ruben das tun zu lassen, aber Solly wollte nicht, dass sein Freund seine Schlachten austrug. Außerdem hätte er es dann ja noch mit Mason aufnehmen müssen. Und mit Masons Basketball-Kumpels. Und zu unguter Letzt mit der alten Gruseltante. Die konnte Ruben nun wirklich nicht verkloppen.

»Danke, aber nein danke«, sagte Solly.

Ruben zuckte die Schultern und sah enttäuscht aus, wie immer, wenn Solly ihn zurückwies.

Wie immer kam er rasch über seine Enttäuschung hinweg, während sie zur alten Jahrmarktswiese gingen. »Du darfst nicht vergessen an was Leichtes zu denken. Überlass das Herumwirbeln mir. Du hältst einfach nur das Gleichgewicht und denkst an was Leichtes. Das ist der Trick, den man draufhaben muss als Akrobat. Hat mir mein Opa erzählt.«

»Ja. Wenn du meinst«, sagte Solly.

»Wenn ich denen erzähle, wer mein Opa ist, dann werden die aber staunen ...«

»Ja. Wenn du meinst«, sagte Solly wieder. Er glaubte eigentlich nicht, dass man sich im Zirkus für ihre Nummer interessieren würde. Oder wenn, dann würden Ruben und er für die Zeit bezahlen müssen. Er wollte Ruben das alles sagen, aber er tat es nicht. Er hatte ihm auch nichts von dem Abenteuer vorige Nacht erzählt. Und er hatte keine Ahnung, warum.

»Da sind sie! Da sind sie!«, rief Ruben, als sie bei der Jahrmarktswiese ankamen. Sie konnten die Zelte und die Wagen sehen. Solly fühlte sich auf einmal in Hochstimmung versetzt, als wäre er um eine Ecke gebogen und einem alten Freund in die Arme gelaufen.

Ruben rannte los. Obwohl Solly genauso aufgeregt war, kam er kaum hinterher.

Als er Ruben einholte, sah er, dass sein Freund verwirrt und ängstlich wirkte. »Keiner da«, sagte Ruben und zeigte auf die heruntergelassenen Leinwände am Tor des Hauptzeltes und die verschlossenen Türen an sämtlichen Anhängern. »Alles dicht gemacht. Wo stecken sie denn?«

»Vielleicht ruhen sie sich aus.«

»Alle auf einmal? Komm, sehen wir uns um. Du gehst da lang, ich hier lang.«

»Gut«, sagte Solly und spazierte um die Wagen herum. Der eine war mit dem leuchtenden Bild eines Alligators bemalt. Einen anderen zierte eine Horde Clowns. Dann kam Solly zu einem, an dem ein großer Zylinderhut prangte. Unter dem Wagen guckten ein paar rote Cowboystiefel hervor. Kleine Stiefel, deren Fußspitzen wippten. Ein Lied schien die Bewegung zu begleiten. Die Wörter konnte Solly nicht richtig verstehen.

Er bückte sich, um nachzusehen, wer in den Stiefeln steckte. Es war ein kleines Mädchen. Es hatte große grüne Augen und rote Haare und es spielte Hoppereiter mit einer Puppe. »Ich will heim«, piepste die Puppe, aber es war das Mädchen, das da sprach. »Heim, heim, heim.« Obwohl er sich nicht ganz sicher war, nahm er an, dass es sich um dasselbe Mädchen handelte, das er in der Nacht davor weinen gehört hatte.

»Hallo!«, sagte er.

Die Kleine sah ihn erschrocken an, schlug ihm die Baseballmütze vom Kopf, krabbelte zur anderen Seite des Wagens hinüber und lief davon.

»Hey, warte!«

Aber sie war schon verschwunden.

Solly stand auf und runzelte die Stirn. Die Kleine bereitete ihm Kopfzerbrechen. Es ging ihn ja wirklich nichts an. Aber sie sah dermaßen unglücklich aus. Der Anblick unglücklicher Kinder nahm ihn immer mit. Er bückte sich, um seine Mütze aufzuheben. Sie flitzte über den Boden davon wie eine blaue Schildkröte. »Was ist das denn . . .«

»Da bist du ja wieder, Ju-unge«, sagte jemand.

Solly wirbelte herum. Niemand war zu sehen.

»Herr Zirkusdirektor! Ähm . . . Wo sind Sie?«

»Na, hier.«

Solly sah sich hektisch um. Schließlich fiel ihm eine winzige Bewegung an der Seitenwand des Wagens auf. Der Zylinderhut. In seiner Mitte saß ein Auge. Ein blinzelndes, grünes Auge, das ihn anstarrte. Etwas stupste ihn am Fuß an. Er sah nach unten. Es war seine Mütze. Solly bückte sich nach ihr, und sie hüpfte ihm auf den Kopf. »Wie haben Sie das gemacht?«, fragte er.

»Im Circus Lunicus ist das Auge schneller als die Ha-and«, sagte der Zirkusdirektor. »Willst du meine Geheimnisse erlernen, Ju-unge? Bist du deswegen gekommen?«

»Ja ... nein ... Mein Freund und ich, ähm, wir haben eine Nummer.«

»Was für eine Nummer denn? Eine Clowns-Nummer?«

»Nein«, sagte Solly. »Wir sind Akrobaten.«

»Wir brauchen keine weiteren Akrobaten. Aber Clo-owns können wir immer gebrauchen.«

»Wir sind keine ... wir wollen keine ...«

»Jeder mag Clowns.«

»Ich weiß, aber ...«

»Deine Mu-utter mag Clowns.«

»Meine Mutter ist tot«, platzte Solly heraus.

Der Zirkusdirektor schwieg für einen Moment. Dann sagte er sanft: »Tut mir Leid, da-as zu hören.«

Eine merkwürdige Art, es auszudrücken, dachte Solly, aber dann fiel ihm ein, dass der Mann ja vielleicht immer noch die Sache mit den Clowns meinte. »Clowns sind toll. Und Sie haben Recht – meine Mutter hat sie geliebt. Aber wir sind keine Clowns«, sagte Solly langsam und nachdrücklich. »Wir sind Akrobaten und wir wollen auch nicht zum Zirkus.« Der letzte Teil stimmte nicht. Ruben wäre liebend gern zum Zirkus gegangen. Und Solly hatte auch schon oft darüber nachgedacht. Aber es kam ihm wie ein absolut unerreichbarer Traum vor.

»Nicht?«, sagte der Zirkusdirektor. »Alle Ju-un-gen und Mädchen wollen zu-um Zirkus gehen.«

Der Tonfall des Mannes beunruhigte Solly. Machte der Zirkusdirektor sich lustig über ihn? Oder wollte er ihn überreden? Oder steckte etwas noch Schlimmeres dahinter? »*Ich* nicht«, beharrte Solly.

Der Zirkusdirektor sagte nichts.

»Hören Sie, wir brauchen nur ein wenig ... Hilfe wegen unserer Nummer.«

»Ja, ihr kö-önntet ein wenig Hilfe gebrauchen.«

»Dann helfen Sie uns?«, fragte Solly.

»Da-as hab ich nicht gesagt. Aber kommt nach Mitternacht wieder her und wir schauen mal.«

»Heute Nacht? Ich weiß nicht, ob ich kann ... Ich werde an ... ich muss an einem ...«

»Heute Nacht. Und denk daran, wir re-echnen nach Stunden ab«, sagte der Zirkusdirektor. Dann blinzelte das Auge und verschwand.

Solly ging Ruben suchen. Er fand ihn trübselig auf einem umgedrehten Fass sitzen. »Nicht eine Menschenseele. Nirgends«, sagte Ruben. »Hast du jemanden gefunden?«

»Na ja, irgendwie schon«, sagte Solly.

»Irgendwie schon?«

»Ähm, Ruben, sag mal, hast du heute nach Mitternacht eigentlich irgendwas vor?«

»Machst du Witze? Natürlich nicht.«

»Tja, jetzt aber schon«, sagte Solly und machte sich ganz lang, so dass er für einen Augenblick so groß und schmal wie der Zirkusdirektor wirkte. »Und, Ju-unge, bring einen Eimer mit«, sagte er.

Obwohl er über Rubens entsetztes Gesicht grinsen musste, wusste er nicht recht, ob sie beide sich nun freuen oder fürchten sollten.

Achtes Kapitel

Solly war schwer am Kämpfen mit seinem Wandschrank. Besser gesagt mit dem, was in dem Schrank steckte, und das war so gut wie alles, was er besaß. Der Schrank war praktisch randvoll, aber Solly musste Platz für den kleinen Mülleimer schaffen, den er in der Garage aufgetrieben hatte. In dem Mülleimer schwamm, in etlichen Litern Wasser, die Gummi-Eidechse. Sie war schon wieder gewachsen.

Wie groß wollte das Ding denn noch werden? Würde es irgendeinen Rekord brechen, falls es einen Rekord für gigantische Gummi-Eidechsen gab? Piggy schaute unbeeindruckt aus seinem Käfig herüber. Aber Solly kratzte sich am Kopf, nervös und fasziniert zugleich.

Die Zimmertür öffnete sich genau in dem Moment, als er es schaffte, den Mülleimer in den Schrank zu stopfen und die Tür zuzudrücken.

»Was machst du da?«, fragte Jason leise. Er trug etwas. Es hatte den Umriss eines Footballhelms.

»Mir was zum Anziehen rausholen«, sagte Solly.

»Dann such auch gleich deine Ohrenschützer, wo du schon dabei bist.«

»Ohrenschützer? Moment mal, du willst mir doch nicht etwa wieder Eiswürfel in den Pulli stopfen und gucken, wie lange es dauert, bis meine Temperatur sinkt?«

»Nein.« Jason schmunzelte. »Aber das war ein gutes Experiment, stimmt's?«

»Ein völlig überflüssiges«, murmelte Solly.

Jason hatte es entweder nicht gehört oder nicht hören wollen.

»Die Ohrenschützer sind unten in der Garderobe«, sagte Solly.

»Na dann. Gehen wir.«

Solly zögerte nicht. Er sah dem Experiment nicht gerade freudig entgegen, aber worum es sich auch handelte, er wollte es hinter sich bringen. Es war schon dreiundzwanzig Uhr und in einer Stunde war er mit Ruben hinten im Garten verabredet, unter dem Apfelbaum. Jasons Experimente dauerten nie länger als eine Stunde, also ging Solly davon aus, dass ihm genug Zeit blieb. Ein größeres Problem würde es sein, sich anschließend hinauszuschleichen, ohne dass sein Stiefbruder es merkte.

Jason holte die Ohrenschützer aus der Garderobe und ging mit Solly zur Garage. »So, als Erstes Ohrenschützer aufsetzen«, sagte er und drückte sie

Solly in die Hand. Solly zuckte die Schultern und folgte der Anweisung. »Jetzt den.« Er gab Solly das Ding, das er die ganze Zeit mit sich herumgetragen hatte. Es *war* ein Footballhelm, mit etwas Großem, Hufeisenförmigen darin. Einem Magneten.

»Wozu soll das gut sein?«, fragte Solly laut. »Was ist das für Experiment?«

»Pst«, machte Jason.

Solly seufzte und setzte den Helm auf.

»Und als krönenden Abschluss ...« Jason zog eine Sonnenbrille aus der Hosentasche. Er setzte sie Solly auf.

»Hey!«, rief Solly. »Ich kann fast nichts mehr sehen!«

»Pst!«, machte Jason wieder, aber Solly hörte es nicht.

Er hörte nur ein fernes Klicken, als würde weit weg eine Tür aufgemacht. Das Nächste, was er mitbekam, war, dass er in einem Auto saß. Er spürte, wie es bebend ansprang.

»Jason, was wird das denn! Jason!« Er packte die Brille.

Jason griff ihm unter den Helm und zog den Ohrenschützer zur Seite. »Wenn du sie abnimmst, wirst du Fregatte für den Rest deines oder ihres Lebens füttern«, zischte er. »Jetzt lehn dich zurück und bleib locker. Ich bin ein guter Fahrer.«

»Guter Fahrer! Du bist erst dreizehn!«

Jasons Antwort hörte er nicht.

Sie fuhren eine halbe Ewigkeit herum, bis Jason das Auto endlich bremste. Solly hörte wieder dieses ferne Klicken und spürte einen kalten Luftzug, dann Jasons Hand auf dem Arm, als sein Stiefbruder ihn von dem Chevrolet wegführte.

»Also, dieses Experiment dreht sich um die Auswirkungen von Magnetismus und Vollmond auf den Orientierungssinn«, sagte Jason laut und zog gleichzeitig wieder den einen Ohrenschützer zur Seite. »Ich lass dich gehen und dann schauen wir mal, ob du nach Hause finden kannst ohne deine Augen und deine Ohren zu benutzen.«

»Du machst Witze!«, sagte Solly.

»Und dass du mir ja die Finger von dem Ohrenschützer und der Brille lässt – ich werd dich den ganzen Weg über beobachten.«

»Jason, du machst Witze«, sagte Solly wieder. »Jason? Jason!«

Aber Jason war weg.

Die Fahrt hatte eine halbe Ewigkeit gedauert, aber das war gar nichts gegen die Zeit, die Solly sonst wo umhertappte. Ruben bringt mich um, dachte er und wandte sich nach links. Es musste inzwischen weit nach Mitternacht sein.

Er bog noch einmal nach links ab. Ich muss auf einer Art großem Feld sein, dachte er, denn bis jetzt bin ich noch in nichts reingebrettert.

Er streckte die Hände aus. Nein, nichts. Dieses Experiment ist bescheuert, sagte er sich. Was denkt Jason eigentlich, was ich bin, eine Taube? Dann traf es ihn wie ein Schlag. Tauben sind schlauer als ich. Die fliegen weg, wenn es Ärger gibt. Ich dagegen latsche mitten hinein.

Er blieb stehen und riss sich die Sonnenbrille von der Nase.

Er musste ein paar Mal blinzeln, bis er sah, wo er sich befand. Die Wagen schienen im Mondlicht zu glühen, das große Zelt rund und leuchtend über der Wiese zu schweben wie eine fliegende Untertasse. »Willkommen, Ju-unge«, begrüßte ihn eine vertraute Stimme. »Du kommst genau richtig.«

Er hatte es schließlich doch zum Circus Lunicus geschafft.

Neuntes Kapitel

Das Hauptzelt war in ein seltsames grünes Glühen getaucht. Woher das Licht kam, konnte Solly nicht sagen. Um die Manege herum war eine Gruppe von Zirkusleuten versammelt. In dieser Nacht trugen sie keine Kutten. An ihren verschiedenen Kostümen war zu erkennen, dass manche Akrobaten, Seiltänzer oder Trapezkünstler waren; andere waren Dompteure; wieder andere waren Jongleure, Zauberer oder Clowns.

Nur ihre Gesichter konnte er immer noch nicht richtig ausmachen. Er glaubte sagen zu können, wie sie aussahen und was sie für ein Gesicht machten, aber jedes Mal, wenn er sich auf ein Gesicht zu konzentrieren versuchte, dann verschob es sich und verschwamm und hinterließ nur einen allgemeinen Eindruck der Person, ohne jedes Detail. Sogar der Zirkusdirektor war nicht richtig deutlich zu sehen. Aber von seinem Gesicht hatte Solly einen besseren Eindruck – es war freundlich und seltsam glatt, wie mit einem Stück Plastikfolie überzogen. Sahen sie in der Manege immer so aus? Solly wusste es nicht recht. Auf ihre Gesichter hatte er sich nie konzentriert.

»Gut, Ju-unge«, sagte der Zirkusdirektor. »Dann zeig uns mal deine Nu-ummer.«

»Das kann ich nicht«, sagte Solly, drehte die Handflächen nach oben und zuckte die Schultern.

Die Zirkusleute kicherten.

»Es ist eine Nummer für zwei Personen und mein Freund Ruben ist nicht hier.«

Die Zirkusleute lachten lauter.

Solly zog eine Braue hoch. Was war denn daran so witzig?

»Da-ann zeig uns deinen Teil der Nu-ummer«, sagte der Zirkusdirektor.

»Häh? Das geht doch nicht. Ich hab Ihnen doch schon gesagt, es ist eine Akrobatennummer. Ruben liegt auf der Erde und hat die Knie angezogen, ich leg mich quer auf seine Füße und dann hebt er mich hoch und . . .«

»Nun zeig schon«, schnitt ihm der Zirkusdirektor das Wort ab.

Solly runzelte die Stirn. War dieser Bursche bescheuert? Aber Solly beugte sich vor und streckte die Arme aus und tat so, als würde Ruben ihn gleich hochstemmen.

Der Circus Lunicus bebte vor Lachen.

Verwirrt richtete Solly sich auf. Im Augenwinkel nahm er eine Bewegung wahr. Er wirbelte herum. Da stand einer der Clowns, in der gleichen Haltung wie er. Blitzartig wurde Solly klar, dass der Clown jede seiner Bewegungen nachgeahmt hatte.

Verärgert wandte Solly sich wieder zu dem Zirkusdirektor und den übrigen Leuten um. »Ha, ha. Sehr witzig«, sagte er. Machten sie sich bloß lustig über ihn?

»Ja. Es war witzig«, sagte der Zirkusdirektor. »Zeig uns noch ein bi-isschen was.«

»Von wegen«, sagte Solly, die Hände in die Hüften gestemmt. »Ich hab doch gesagt, dass ich kein Clown bin!«

Der Zirkus lachte. Solly wirbelte wieder zu dem Clown herum. Der Clown wirbelte wieder zu Solly herum. »Lass das!«, sagte Solly. Lass das, sagte der Clown, aber ohne Worte, nur mit Sollys Körpersprache.

Solly spürte Tränen aufsteigen. Die alte Gruseltante, Jason, Mason – die waren schlimm genug. Hackten auf ihm herum. Spannten ihn zu sämtlichen miesen Arbeiten oder Experimenten ein, die ihnen einfielen. Aber das hier ... Bei aller Komik und aller Begeisterung des Zirkusdirektors für Clowns hatte Solly doch etwas anderes vom Zirkus erwartet. Zauber. Pracht. Und Größe.

Er stopfte die Hände in die Taschen und machte

sich auf den Weg nach draußen. Die Zirkusleute lachten immer noch. Solly hätte sich am liebsten Watte in die Ohren gestopft, um sie nicht mehr hören zu müssen. Rechts neben sich nahm er eine Bewegung wahr. Wahrscheinlich wieder dieser blöde Clown, dachte er. Er wollte stur geradeaus sehen, aber dann schielte er doch hinüber. Es war das Mädchen. Diesmal sah die Kleine nicht ängstlich oder traurig aus. Stattdessen wirkte sie neugierig. Und ihr Gesicht – von der kleinen, mit Sommersprossen übersäten Nase über die grünen Augen bis hin zu den federnden roten Haaren, die ihn an die seiner Mutter erinnerten – war absolut deutlich zu sehen.

Irgendetwas wallte in Solly auf. Auf einmal – und zu seiner eigenen Überraschung – beschloss er, dass er jetzt nicht gehen würde. Er würde sich von denen doch nicht vergraulen lassen. Er wirbelte wieder zu dem Zirkusdirektor herum. »Wollen Sie noch mehr von meiner Nummer sehen?«

»Si-icher«, antwortete der Mann und Solly wusste, dass er es auch so meinte.

Solly ging in die Mitte der Manege zurück. Er tat wieder so, als würde er hoch in die Luft gehoben werden. Er drehte sich in die eine Richtung, dann in die andere. Die Zuschauer grölten. Und jetzt?, überlegte er und hoffte, dass er das kleine Mädchen auch zum Lachen brachte.

»Ich zeig's dir«, sagte der Clown, als ob er die Frage laut gestellt hatte. Er machte ihm eine alberne Bewegung nach der anderen vor und jetzt ahmte Solly ihn nach. Bald krümmte der Clown sich zusammen mit den Zuschauern vor Lachen.

Solly drehte sich zu dem Zirkusdirektor herum. Der Mann beugte sich vor. Er schien Solly sehr genau zu beobachten. Vorhin hatte Solly das Mädchen zum Lachen bringen wollen. Nun brannte er noch viel mehr darauf, dass ihm der Zirkusdirektor applaudierte. »Und?«, fragte er.

»Mit einiger Übung kö-önntest du einen sehr guten Clown abgeben«, räumte der Zirkusdirektor ein.

Solly grinste breit.

»Und je-etzt bezahlst du.« Der Zirkusdirektor zog den Eimer hervor. »Mach ihn voll.«

»Eigentlich sollte ich Sie bezahlen lassen«, sagte Solly. »Schließlich hab *ich* diesmal was vorgeführt.«

Der Zirkusdirektor lächelte. Jedenfalls kam es Solly so vor. »Du lernst dazu, Ju-unge. Du lernst dazu. Sagen wir, einen halben Eimer.«

Solly schnaubte. »Abgemacht«, sagte er. Dann fiel ihm etwas ein. »Aber ich hätte gern ein wenig Gesellschaft.«

»Gesellschaft?«

»Ja. Dieses Mädchen. Das rothaarige Mädchen, das so Heimweh hat.« Er runzelte die Stirn. So viel hatte er gar nicht sagen wollen.

»Heimweh?«, sagte der Zirkusdirektor. Dann rief er mit der lauten Stimme eines Ansagers: »Im Zirkus hat doch niema-and Heimweh!«

Wieder hätte Solly nicht sagen können, ob der Zirkusdirektor sich über ihn lustig machen oder es nur schönreden wollte. Worauf wollte der Mann hinaus? Ich sollte den Mund halten, dachte Solly. Aber stattdessen, ohne zu wissen, warum es ihm so wichtig war, nur *dass* es ihm so wichtig war, beharrte er: »*Sie* aber schon.« Er wartete darauf, dass ihn der Zirkusdirektor fragte, was ihn das anginge oder was er mit diesem angeblich heimwehkranken Kind überhaupt vorhatte. Stattdessen fragte der Mann: »Und du, Ju-unge aller Ju-ungen. Ha-ast du auch Heimweh?«

Solly klappte kurz der Mund auf, als er sich so angesprochen hörte. Der Zirkusdirektor musste sich an dieses Autogramm erinnert haben und welche Widmung Sollys Mutter sich gewünscht hatte. Solly wusste nicht recht, ob ihm die Art gefiel, wie der Mann das sagte. »Ich, Heimweh? Nein. Natürlich nicht.«

»Na siehst du«, sagte der Zirkusdirektor triumphierend.

»Aber warum sollte ich ... ich bin doch daheim ... ich meine ... ich bin hier ... ich meine, in Mintzville«, stammelte Solly. Der Zirkusdirektor hatte ihn völlig durcheinander gebracht.

»Daheim ist, wo du Ku-unst machst.«

»Wo das Herz lacht, meinen Sie«, sagte Solly, der sicher war ihn nicht richtig verstanden zu haben.

»Das auch«, sagte der Zirkusdirektor so selbstverständlich, dass Solly schmunzeln musste.

Dann fiel ihm das Mädchen wieder ein. »Ich hätte dieses Mädchen trotzdem gern dabei«, sagte er.

»We-elches Mädchen?«, fragte der Zirkusdirektor.

Wie viele kleine rothaarige Mädchen treiben sich hier im Zirkus denn herum?, hätte Solly ihn fast angefahren. Stattdessen wandte er sich ab, um es ihm zu zeigen. »Das da . . .«, fing er an. Aber das Mädchen war weg. Und als er sich wieder zurückdrehte, war der Zirkusdirektor auch weg. An seiner statt stand dort ein silberglänzender Wurmeimer. Er war dreimal so groß wie der von gestern Nacht. Einen halben Eimer, na klasse! Der Zirkusdirektor hatte ihn schon wieder ausgetrickst.

Zehntes Kapitel

Wo hast du gesteckt?«, flüsterte Jason wütend, packte Solly beim Arm und zerrte ihn in sein Zimmer. Wenn Solly es nicht besser gewusst hätte, hätte er glatt angenommen, dass sein Stiefbruder richtig besorgt war – oder gewesen war.

»Was soll das heißen, wo ich gesteckt habe?«, erwiderte Solly. »Ich war auf der Wiese, wo du mich ausgesetzt hast, und hab die ganze Zeit versucht nach Hause zu finden.«

Mit keinem Wort erwähnte er seine Zirkusvorführung oder den unergründlichen Zirkusdirektor, der ihm zwanzig verschiedene Gefühle auf einmal bereitet hatte, oder das rothaarige Mädchen, über das er den ganzen Heimweg lang nachgedacht hatte. Er konnte genau sehen, ob jemand Heimweh hatte, da konnte der Zirkusdirektor erzählen, was er wollte. Eine Sekunde lang ließ er sein Gesicht und seinen Körper die Essenz des Wortes *Heimweh* annehmen, bis er sich genau in das Mädchen hineinversetzt hatte und aussah wie sie. Dann ließ er das Gefühl los und fragte sich, warum der Mann ihn zu täuschen versuchte. Was machte die Kleine dort? Sie schien dort einfach nicht *hin*zupassen. Er musste mit ihr sprechen und es herausfinden. Aber wie?

»Wiese? Welche Wiese?«, sagte Jason. »Ich hab dich zwei Blocks weiter auf dem Spielplatz an der Hamlin Street abgesetzt.«

»Ja klar«, gab Solly zurück. »Darum hat's ja auch eine Ewigkeit gedauert, dort hinzukommen. Stimmt's?«

»Ich bin im Kreis herumgefahren, damit du nicht mitkriegen konntest, wo wir waren.«

»Erzähl keinen Quatsch«, sagte Solly. »Du hast mich bei der alten Jahrmarktswiese rausgesetzt.«

»Hab ich nicht.«

»Hast du wohl.«

»Das würd ich nie machen – nicht mal mit dir«, beharrte Jason. »Entweder ist mein Experiment fehlgeschlagen oder du hast den lausigsten Orientierungssinn der Welt.«

»Ich dachte, du wolltest mich die ganze Zeit über beobachten. Wenn du mich beobachtest hast, wie konnte ich dann vom Spielplatz an der Hamlin Street verschwinden?«

»Keine Ahnung«, sagte Jason. »Erst warst du noch da und auf einmal warst du verschwunden. Ich bin die ganze Gegend abgefahren und hab nach dir gesucht.«

»Und dann hast du einfach aufgegeben.«

»Ich hab gedacht, du hättest mich ausgetrickst. Dass du den Helm und die Brille abgenommen hast und nach Hause gegangen bist. Es war Stunden her.«

Solly öffnete den Mund, dann klappte er ihn wieder zu. Jason hatte unzählige Male unzählige Lügen erzählt. Aber dass er jetzt log, glaubte Solly nicht. »Ich bin müde«, sagte er mit einem Seufzer. »Geh rüber in dein Zimmer und lass mich schlafen. Und vergiss nicht mit Casey zu reden.«

Überraschend bereitwillig ging Jason zur Tür. Ohne erst noch in seinen Schlafanzug zu schlüpfen sank Solly aufs Bett und schloss die Augen und wartete darauf, das leise Klicken zu hören, das ihm sagte, dass Jason gegangen war.

Aber dann hörte er seinen Stiefbruder fragen: »Und? Hast du den Zirkus gesehen? Der steht da doch.«

»Nein«, log Solly. »Hab nichts von ihm gesehen.«

»Ach, echt?« Da war etwas Verschlagenes in Jasons Stimme, als ob er Solly nicht nur keinen Glauben schenkte, sondern sich auch fragte, warum er log.

»Ist eine Riesenwiese«, sagte Solly.

»So riesig nun auch wieder nicht.«

Solly zog sich die Decke unters Kinn, als könnte sie ihn vor Jasons Fragen schützen. Er gähnte erneut. »Gute Nacht, Jason«, sagte er.

»Guten Morgen, meinst du. Es wird bald hell.«

Sollys Antwort war ein Schnarchen.

Elftes Kapitel

Angenehm hätte Solly den Traum nicht gerade genannt. Hoch oben in der Zeltkuppel balancierte er mit dem rothaarigen Mädchen auf einem Seil, und zwar von entgegengesetzten Seiten aufeinander zu. »Du scha-affst es, Ju-unge«, drängte eine Stimme ihn weiter. Unten konnte Solly die Menge jubeln hören, aber er traute sich nicht nach unten zu sehen. Die Kleine traute es sich auch nicht. »Ich will zu meiner Mama«, sagte sie und bewegte sich langsam auf ihn zu. In der einen Hand hielt sie einen Eimer. »Ich will zu meiner Mama«, ahmte Solly ihre Stimme nach. »Ich will nicht runterfallen«, wimmerte sie. Solly griff nach ihrer Hand. »Lass sie in Ruhe, Ju-unge«, sagte die Stimme.

Und dann bekam er einen Stoß in den Rücken.

Er schrie auf dem ganzen Weg nach unten.

»Hör auf so zu brüllen«, sagte jemand.

Mit einem Keuchen riss Solly die Augen auf. Er war nicht tot. Er hatte nicht einmal einen blauen

Fleck. Aber auf einmal bekam er keine Luft mehr. Was daran lag, dass Mason auf seinem Bauch hockte.

»Geh . . . runter . . .«, ächzte er.

»Nur wenn du aufhörst zu schreien«, sagte Mason.

Solly tat es und Mason gab ihn frei. »Dann mal los, Quietsche-Entchen. Du kommst zu spät zur Schule.«

Solly drehte sich um und sah auf die Uhr. Zwanzig vor neun. Hoppla. Damit hatte er es schon zwei Tage hintereinander vermasselt. Die alte Gruseltante muss total sauer sein, wenn sie mir den Schläger zum Wecken schickt, dachte er.

»Schon gut, schon gut, ich beeil mich«, sagte Solly und machte, dass er aus dem Bett kam.

»Hey, du bist ja schon angezogen«, sagte Mason.

»Nein. Das ist mein Spezialschlafanzug. Er sieht wie meine normalen Anziehsachen aus«, erwiderte Solly.

»Ja. Klar doch«, sagte Mason. Aber ihm war deutlich anzusehen, dass er nicht recht wusste, ob er Solly glauben sollte oder nicht. »Ein bisschen zackzack, ja?«, sagte sein Stiefbruder und sah aus dem Fenster. »Hey, Bodine!« Er machte es weiter auf und steckte den Kopf nach draußen, um mit einem von seinen Basketball-Kumpels zu reden. »Warum kriegt der Shooting Guard immer die tollsten Mädchen ab? Weil er jederzeit bereit ist sich einen Korb zu holen. Bruahaha!«

Solly schlurfte zu dem Spiegel, der an seinem Wandschrank hing. Hatte er wirklich gestern Nacht im Zirkus etwas vorgeführt? Es kam ihm genauso unwirklich vor wie der Traum, den er gerade gehabt hatte. Er starrte sein Gesicht an und ließ die Augenbrauen auf und ab zucken und dann eine Wellenbewegung machen. Mason prahlte immer noch zum Fenster hinaus, also presste Solly die Lippen zusammen, bis sein Mund genauso verkniffen aussah wie der von der alten Gruseltante. Dann ließ er ihn aufklaffen und in einem stummen Weinen zittern. Langsam machte er aus dem ernsten Gesicht ein Grinsen, das immer breiter und verrückter wurde, bis er sich schließlich, immer noch lautlos, vor Lachen bog. Dann grinste er wirklich, guckte er wirklich ernst. Was mach ich denn hier?, fragte er sich. Als er mit der Hand durch seine struwweligen Haare fuhr, hörte er hinter der Schranktür etwas klappern. Es klang so, als machte sich jemand an einem Mülleimerdeckel zu schaffen. Er legte die Hand auf den Türknauf.

»Was machst du da?«, bellte Mason.

»Bloß ein bisschen Blödsinn«, sagte Solly leise und ließ die Hand sinken.

»Dann hör damit auf und komm endlich.«

Mit einem besorgten Blick zum Wandschrank

drehte Solly sich um und ließ sich von seinem Stiefbruder aus dem Zimmer schubsen.

* * *

»Vielen Dank auch«, zischte Ruben, während Miss Montrose *Wie ich meine Sommerferien nicht verbringen werde* an die Tafel schrieb.

»Heute ist der letzte Schultag und heute werdet ihr auch euren letzten Aufsatz schreiben«, sagte sie.

»Aber es ist bloß ein *halber* Tag, Miss Montrose. Dann sollten wir auch bloß einen *halben* Aufsatz schreiben«, sagte Suse.

Miss Montrose lachte, obwohl Suse ihren Vorschlag ernst gemeint hatte.

»Tut mir Leid«, flüsterte Solly zurück.

»Zwei Stunden. Ich hab zwei Stunden gewartet unter dem Baum«, fauchte Ruben.

»Ich weiß. Es tut mir Leid«, sagte Solly noch einmal. »Aber ich konnte nichts dafür.«

»Ich möchte, dass ihr über Sachen schreibt, die ihr diesen Sommer *nicht* vorhabt. Das können Sachen sein, die ihr gern machen würdet, aber nicht machen könnt, oder Sachen, die ihr auf keinen Fall machen wollt und darum bleiben lasst«, fuhr Miss Montrose fort.

»Ich weiß nicht, was ich diesen Sommer nicht

machen werde, Miss Montrose«, jammerte Suse Snellivitch.

»Lass deine Fantasie spielen«, riet ihr die Lehrerin.

»Jason ist schuld«, sagte Solly zu Ruben.

»Aha. Und wann sorgst du endlich mal dafür, dass er dich nicht ständig piesackt?«

Solly schüttelte mutlos den Kopf.

»Aber Miss Montrose, wenn mir meine Fantasie nun sagt, ich werde etwas nicht tun, und dann tu ich's doch?«, fragte Suse.

»Su ... ähm, Sheila, darüber brauchen wir uns wohl nicht den Kopf zu zerbrechen«, sagte die Lehrerin.

Ruben zählte nicht zu den Leuten, die lange sauer blieben. »Na schön. Dann eben heute Abend.«

Solly schluckte schwer. Er hatte keine Ahnung, wie er Ruben klar machen sollte, dass er den Zirkusleuten ihre Nummer schon längst vorgeführt hatte und dass daraus eine Solonummer geworden war, eine Clownsnummer sogar, die ihm seltsam *richtig* vorgekommen war! Wie kann sich jemand gleichzeitig komisch und, na ja, *wohl* fühlen?, fragte er sich. Aber genau so hatte er es während seiner Vorführung empfunden. Aber das war etwas, das er Ruben nicht erzählen durfte.

Ebenso wenig durfte er das rothaarige Mädchen erwähnen, obwohl es ihm die ganze Zeit durch den

Kopf ging. Brauchte die Kleine seine Hilfe? Was konnte er unternehmen? Warum machte der Zirkusdirektor ein dermaßen großes Geheimnis aus ihr? War der Zirkusdirektor ein guter oder ein böser Mensch oder etwas ganz anderes? Wie sollte Solly denn Ruben seine Eindrücke von diesem seltsamen Burschen berichten, wenn er selbst nicht aus ihnen schlau wurde? »Ich kann nicht«, sagte er.

»Warum nicht?«, wollte Ruben wissen.

»Ruben, Solly, was wollt ihr diese Sommerferien *nicht* tun?«, fragte Miss Montrose scharf und sah von einem zum anderen.

»Wie es aussieht, will ich diesen Sommer *nicht* zum Zirkus«, sagte Ruben finster.

»Solly?«

»Ich weiß nicht, Miss Montrose«, antwortete Solly. Aber er dachte traurig: Wie es aussieht, will ich diese Sommerferien *nicht*, dass Ruben mein bester Freund ist.

Zwölftes Kapitel

Solly hatte Zweifel, ob er es je wieder in sein Zimmer schaffen würde. Die alte Gruseltante erwartete ihn schon, als er von der Schule nach Hause kam. Sie schien noch schlechter gelaunt als sonst. Gestern Abend hatte sie einen Patienten gehabt. Sie hatte nicht mehr viele Patienten; die Hausbesuchsagentur meldete sich nur noch, wenn alle anderen Schwestern ausgebucht waren. »Casey fehlt die Geduld für Patienten«, hatte Sollys Vater vor einem Jahr oder so einmal während des Abendessens gesagt. Solly hatte in sein glucksendes Lachen mit eingestimmt. Die alte Gruseltante hatte ihr verkniffenes Gesicht gemacht und später hatte Solly mitbekommen, wie sie seinen Papa dafür ausschimpfte, dass er sie vor den Kindern lächerlich machte.

»Der Rasen«, befahl sie und stellte sich ihm in den Weg. »Mäh ihn.«

»Gut«, sagte Solly. »Gleich nach dem ...«

»*Jetzt.*«

»Gut.« Er seufzte.

Er brauchte lange für den Rasen, weil der elektrische Rasenmäher immer stehen blieb und Solly das alte Modell zum Schieben nehmen musste, das sein Papa nicht weggeworfen hatte. Anschließend durfte Solly auch noch die Blumenkästen gießen und im Gemüsegarten hinten Unkraut jäten.

Als er endlich fertig war, klatschnass und k.o., da lächelte die alte Gruseltante ihn doch tatsächlich an. »Gute Arbeit«, sagte sie.

Er starrte sie an, ganz verdutzt über das Lob. »Ich habe gerade Sheriff Selig erzählt, welchen Einsatz du zeigst«, sagte sie.

Sheriff Selig. Solly hatte keine Ahnung, was Sheriff Selig bei ihnen zu Hause wollte, aber da war er und saß in der Küche.

»Sheriff Selig sagt, jemand will Jason gestern Nacht gesehen haben. Wie er mit dem Auto herumgefahren ist.« Sie lachte. »Das ist unmöglich, hab ich zu ihm gesagt. Was meinst du, Solly?«

»Unmöglich«, sagte Solly düster.

»Ihr Kennzeichen lautet 62CGC, richtig?«

»Ja. Aber das Auto stand in der Garage. Ich bin zu Fuß zur Arbeit gegangen.«

»Ich habe es gestern Nacht auf der Straße gesehen. Wenn Jason nicht am Steuer saß, wer dann? Ihr anderer Sohn, Mason?«

»Weder noch, Sheriff Selig, das kann ich Ihnen versichern.«

Der Sheriff stand auf. »Ich an Ihrer Stelle würde mich mit den beiden einmal unterhalten.«

»Danke für Ihren Ratschlag«, antwortete die alte Gruseltante lächelnd.

Kaum war der Sheriff gegangen, da schmolz ihr Lächeln dahin wie Gummi auf einem Backblech. Sie wirbelte zu Solly herum. »Was hast du dir eigentlich dabei gedacht, einfach mit meinem Auto herumzufahren?«, kreischte sie.

Solly war völlig verdattert. »Ich? Ich bin doch nicht ... ich kann doch gar nicht ...«

»Du undankbares Geschöpf. Du hast ein nettes Zuhause, nette Anziehsachen, eine nette Familie und dann machst du so was? Hast du geglaubt, dass du damit Jason oder Mason in Schwierigkeiten bringen kannst? Bloß weil die beiden besser in der Schule sind als du? Du bist neidisch, das bist du. Neidisch, neidisch, neidisch!«

Solly war viel zu verdattert, um irgendetwas sagen zu können. Er begann am Nagel seines Ringfingers zu knabbern.

»Das werde ich deinem Vater sagen, pass nur auf. Ich rufe ihn sofort an. In Boldwangia ist es gerade mitten in der Nacht, da wird er ja wohl zu erreichen sein«, sagte sie mit einer Bissigkeit, die Solly selten von ihr hörte. »Hallo, hallo«, schrillte sie ins Telefon. Solly stellte sich seinen Vater mit den Fingern in den Ohren vor. »... Ach, hallo, Edmund. Ein Notfall? Das will ich doch meinen, dass das ein Notfall ist. Du musst mit deinem Sohn reden. Auf der Stelle. Er ist gestern Nacht mit dem Auto herumgefahren. Nein, nicht Jason. Nein, nicht Mason. Solly! Ja, er ist hier.«

Solly nahm den Hörer. »Hallo, Papa«, sagte er.

»Hallo, mein Sohn.« Die Stimme seines Vaters war heiser vom Schlaf. »Was höre ich da von Casey, du bist mit dem Auto herumgefahren?«

»Nein, Papa. Ich bin doch nicht ... Ich kann doch gar nicht ...«

»Na ja, so sind Jungs nun einmal. Aber dass du es mir jetzt ja bleiben lässt.«

»Aber ich ...«

»Was gibt's sonst noch Neues?«

Es gab so viel, das er seinem Vater sagen wollte. Aber die alte Gruseltante stand direkt hinter ihm und auf einmal wollte ihm sowieso nichts mehr einfallen. »Der Circus Lunicus ist in der Stadt.« Mehr brachte er nicht hervor.

»Ach«, sagte sein Vater knapp. »Ich hoffe, du treibst dich dort nicht herum. Zirkusleute sind keine guten Vorbilder.«

Solly war ganz verdattert. Seit dem Tod seiner Mutter hatte sein Vater sich verändert. Aber Solly konnte nicht fassen, dass er sich dermaßen verändert hatte, dass ihm zum Circus Lunicus nichts weiter einfiel, als dass Solly sich von ihm fern halten sollte. Ein neuer – oder vielleicht auch ein sehr alter – Zorn stieg in ihm auf. »Mama fand den Zirkus toll«, sagte er. »Du erinnerst dich doch noch an Mama, oder?«

»Natürlich erinnere ich mich noch an Mama«, sagte Sollys Vater ernst, aber nervös. »Man vergisst einen Menschen doch nicht bloß, weil er auf einmal weg ist . . . aus dem Leben.«

Irgendetwas war komisch an dem, was er sagte, oder daran, wie er es sagte. Solly wusste nicht recht, was von beidem. Aber es verstärkte seinen Zorn nicht, sondern es machte ihn traurig. »Du fehlst mir, Papa.«

»Du fehlst mir auch, Sohn«, antwortete sein Vater. Er klang beunruhigt.

»Wirklich, Papa?«, flüsterte Solly.

»Aber ja.«

»Und wann kommst du nach Hause?«

»Bald, bald. Du weißt doch, wie es in meinem Geschäft läuft. Man kann die Dinge nicht beschleunigen.«

»Nein, weiß ich nicht«, murmelte Solly.

Dann sagte sein Vater: »Tja, dieser Anruf kostet ein Vermögen. Warum gibst du mir nicht Casey noch mal?«

»Okay, Papa.«

»Und halt dich vom Circus Lunicus fern, mein Sohn.«

Statt einer Antwort drückte Solly der alten Gruseltante den Hörer in die Hand und floh auf sein Zimmer.

Es fühlte sich an, als hätte ihm sein Papa auf dem Herzen gesessen. Solly rieb sich die brennenden Augen, die die nächsten Wolkenbrüche loszulassen drohten. Er griff in seinen Schreibtisch, holte das Skizzenbuch seiner Mutter hervor und öffnete es direkt bei der Zirkuszeichnung. Sie war wirklich ein Wunder – und dort in den Rängen, mit der Baseballmütze verkehrt herum auf dem Kopf, war das nicht er selbst? Es brachte ihn zum Lächeln. Er blätterte den Rest des Buches durch. Es gab noch ein paar Bilder vom Zirkus mehr, aber dann kam eine andere Folge von Zeichnungen. Sie stellten eine merkwürdige Landschaft dar, die Solly noch nie gesehen hatte.

Es handelte sich um eine sumpfartige Gegend, die von einem Riesenmond beleuchtet wurde. Moment mal, waren das nicht zwei Monde? Oder eine Sonne und ein Mond? Solly konnte es nicht sagen. Die ersten Bilder waren überwiegend in einem realistischen Stil angefertigt, dann jedoch wurde der Stil wilder, mit seltsamen Formen und Farbwirbeln, als wurde entweder diese Landschaft verrückt oder die Zeichnerin. Das allerletzte Bild war nur ein großer Kreis mit Pfeilen, die auf ein winziges Wort wiesen, das so klein geschrieben war, dass Solly die Augen zusammenkneifen musste, damit er es lesen konnte. Es lautete *Daheim*. Danach kamen nur noch leere Seiten.

Auf einmal verspürte Solly ein Frösteln. Ohne dass es ihm jemand gesagt hätte, begriff er, dass das die letzten Bilder seiner Mama waren, die sie gezeichnet hatte, als sie schon krank gewesen war. Wieder tat ihm sein Herz weh, aber es war eine andere Sorte Schmerz. Tränen rollten seine Wangen hinab. Er ließ es zu. Bis er dieses Geräusch aus dem Wandschrank hörte. Diesmal war es kein Klappern. Es war ein leises, federndes Geräusch wie von einem hüpfenden Luftballon. Vorsichtig öffnete er die Tür.

Dort stand die Gummi-Eidechse mit den Hinterpfoten im Mülleimer, während ihr Kopf an dem Regalbrett oben schabte. Sie sah Solly aus gelben Augen an. »Friebel, friebel, friebel«, sagte sie.

Mit einem erstickten Schrei stolperte Solly rückwärts. Dann fiel er ohnmächtig nach hinten um.

Dreizehntes Kapitel

Als er ein paar Minuten (ein paar Stunden?) später wieder zu sich kam, war die Eidechse immer noch da. Sie stand mitten im Zimmer und friebelte noch drängender herum als vorher. Sie rieb sich den Bauch, zog die grünen Lippen zurück und entblößte kleine, aber scharf aussehende Zähne.

Schluchzend krabbelte Solly rückwärts zum Fenster und fragte sich, ob er hinausspringen konnte. Ihm wurde schon wieder schwindelig, aber er war fest entschlossen diesmal bei Bewusstsein zu bleiben. Er holte tief Luft und klatschte sich kräftig auf die Wangen. Das brachte sein Gehirn wieder auf Vordermann. Wenn sie dich umbringen wollte, hätte sie es längst getan, überlegte er. Außer natürlich, sie bevorzugt fliehende Beute ...

»FRIIEEEBEL!«, sagte die Eidechse. Oder besser: *jammerte* sie. Dann ließ ihr Bauch ein mächtiges Dröhnen ertönen. »Friebel«, sagte sie wieder und sah ihn mit ihren gelben Augen flehend an.

Solly holte noch einmal tief Luft. »Hunger?«, riet er. Es kam als Krächzer heraus.

»Friebel.« Die Eidechse nickte.

Die Erkenntnis, dass das ein Meter achtzig große Monster am Verhungern war, hätte Solly eigentlich noch mehr Angst einjagen müssen. Aber irgendwie tat sie das nicht. Das Geschöpf hatte etwas an sich, das ihn plötzlich an ein Baby erinnerte, das dringend etwas zu trinken brauchte.

Solly sah sich im Zimmer um. In der Schublade mit Unterwäsche hatte er eine Tüte Studentenfutter versteckt, für Notfälle. Vorsichtig stand er auf und ging zu der Kommode. Er holte die Tüte heraus. Ihm zitterte die Hand, als er der Eidechse davon anbot.

Aber das Reptil rümpfte die Nase. »Friebel«, höhnte es.

Na schön, Nüsse und Trockenfrüchte mochte es also nicht. Was fraßen Eidechsen denn? Ruben hatte einmal einen Leguan besessen. Leguane fraßen Blätter. Solly ging zum Fenster. Draußen wuchs eine Kletterrose, die seine Mutter vor Jahren angepflanzt hatte. Soweit er wusste, waren Rosenblätter nicht giftig. Er streckte den Arm so weit aus, wie er konnte, und schaffte es, ein paar abzureißen. Er legte sie auf den Schreibtisch.

Aber die wollte die Eidechse auch nicht. »Friieeebel«, sagte sie mit zitternder Stimme und starrte in eine Zimmerecke.

Solly folgte ihrem Blick. Sie sah genau zu Piggy, der friedlich in seinem Käfig schlummerte.

»Aber nie im Leben!«, fauchte Solly. In seinem Zimmer wurde kein hilfloses Meerschweinchen von einer Eidechse heruntergeschlungen, ob sie nun ein Meter achtzig groß war und scharfe Zähne hatte oder nicht. Er eilte hinüber, nahm Piggy heraus und presste den Nager an seine Brust. Das Meerschweinchen quiekte und biss ihm in den Finger. »Autsch!«, brüllte Solly und ließ es fast fallen.

Die Eidechse schien es gar nicht zu bemerken. Sie sah immer noch zu dem Käfig. Dort lag ein großes Salatblatt auf dem Boden.

»Ach, vielleicht magst du diese Sorte Blätter«, sagte Solly, setzte Piggy in den Käfig zurück und holte das Salatblatt heraus.

Er hielt es der Eidechse hin und schaffte es diesmal, dass ihm dabei nicht die Hand zitterte. Die Augen des Wesens leuchteten. Es streckte eine Krallenhand vor, drehte das Blatt herum, spießte einen bleichen Wurm auf der Unterseite auf und verschluckte ihn.

»*Sniebel*«, sagte die Eidechse mit etwas, das Solly als Lächeln deutete. Dann suchte sie das Blatt ein zweites und ein drittes Mal ab und machte ein finsteres Gesicht. »Friebel, mehriebel!«, jammerte sie und schaute wieder ganz flehend.

»Oh nein.« Solly seufzte. Er wusste, was dieser Blick bedeutete. Er bedeutete, dass er nun schon zum dritten Mal in dieser Woche auf Würmersuche gehen würde.

Vierzehntes Kapitel

Die Eidechse verspeiste den letzten Wurm (eine Raupe, um genau zu sein). Solly hatte herausgefunden, dass ihr die dicken hellgrünen von den Tomatenstauden der alten Gruseltante am besten schmeckten.

Seine Stiefmutter staunte und freute sich sogar über seinen freiwilligen Anti-Ungeziefer-Einsatz, der nicht nur ihren Garten, sondern auch mehrere Nachbargärten umfasste. Die letzten anderthalb Tage lang hatte Solly die Eidechse nur allein gelassen, um Raupen zu sammeln oder selbst einen Happen Essen hinunterzuschlingen. Zuerst hatte er Angst gehabt, dass die Eidechse in irgendwelche Schwierigkeiten hineinstolperte. Aber sie war außerordentlich artig. Sie schlief, summte und redete leise vor sich hin und beschwerte sich nur, wenn sie Hunger hatte. Sie schien immer noch – na ja, nicht zu wachsen, aber zu *reifen.* Ihre Sprechweise wurde deutlicher, ihre Bewegungen wurden sicherer. Sie konnte Ruben nicht ersetzen, aber sie war eine bessere Gesellschaft als Jason oder Mason. Solly sah sie schon langsam als seine Zimmergenossin an – aber er machte sich auch Sorgen, in welche Schwierigkeiten *er* kam, wenn jemand sie entdeckte.

»Alle alliebel?«, fragte die Eidechse und sah in den Eimer.

»Alle alliebel«, bestätigte Solly.

Sie seufzte und ließ einen lauten, kräftig riechenden Rülpser vom Stapel. »Puh«, sagte Solly, aber eigentlich stank der Rülpser gar nicht – er roch eher, wie die Farbe Grün riechen würde, wenn sie einen Geruch hätte.

»Schmiebelt gut«, sagte die Eidechse und klopfte sich auf den Bauch. Dann gähnte sie. »Jetzt schliebeln.« Sie schloss die Augen.

»SOLLY, ABENDESSEN!«, rief die alte Gruseltante die Treppe hinauf.

»Ähm . . . komme«, rief er nach unten. Dann sagte er zu der Eidechse: »Du kannst nicht hier draußen schlafen. Geh in den Schrank – und bleib dort, bis ich wiederkomme.«

Mit einem weiteren Gähnen wankte die Eidechse wie ein schlafwandelndes Kind in den Schrank hinein.

Solly schloss die Tür und ging nervös zur Küche hinunter.

Die alte Gruseltante war eine unberechenbare Köchin. An manchen Abenden brachte sie Köstliches zustande. Andere Male waren ihre Mahlzeiten eher von der merkwürdigen Sorte – Nudeln mit Radieschen, Sardinen mit Rosinen. Vielleicht hatte Jason sein wissenschaftliches Interesse von ihr. Die Mahlzeiten seiner Mutter erinnerten manchmal an chemische Experimente.

Heute Abend sah das Essen normal aus, gut sogar – Tacos mit Salsa. Gestern Abend hatte er nur schnell ein Sandwich gegessen und sich damit herausgeredet, dass er müde sei. Wenn er heute Abend nicht das ganze Essen mitaß, würde die alte Gruseltante es merken und eine Erklärung verlangen, und die wollte er ihr nun wirklich nicht geben müssen. Er beschloss das Essen so schnell in sich hineinzuschaufeln, wie er nur konnte, und dann wieder zu Friebel hinaufzugehen.

Jason und Mason saßen bereits am Tisch. Sie schlangen ihr Essen ebenfalls hinunter.

Die alte Gruseltante schien es nicht zu bemerken. Sie dachte über irgendetwas nach.

»Morgen fängt der Zirkus an«, sagte Jason ruhig, aber Solly merkte, dass sein Stiefbruder aufgeregt war.

»Die Buden sind heute Abend schon auf«, dröhnte Mason. »Ich seh mal zu, ob ich einen von diesen Stoffalligatoren gewinnen kann und dann lach ich die ganzen Fenpfei aus, die nach Eintrittskarten anstehen, die sie sowieso nie kriegen.«

Die alte Gruseltante war zu sehr in Gedanken versunken, um sein Rücksprech zu kritisieren. »Ich habe beschlossen mir ein neues Hobby zuzulegen«, sagte sie an Solly gerichtet. Er hatte den Fehler gemacht, ihren Blick zu erwidern.

»Hmmmpf«, sagte Solly mit vollem Mund.

»Ich hab gehört, dass heute Nachmittag schon fünf Schlägereien ausgebrochen sind in der Schlange – dabei war die Kasse immer noch zu.« Mason lachte fröhlich.

»Die Malerei war zu ... einengend. Ich brauche etwas, womit ich mich *wirklich* ausdrücken kann«, sagte die alte Gruseltante immer noch nur zu Solly.

»Mama«, sagte Jason beiläufig. »Du lässt Solly doch mit zum Zirkus gehen, oder?«

»Fampf«, sagte Solly, der Jason im Verdacht hatte, sich mit Absicht eine so ungünstige Gelegenheit ausgesucht zu haben, um seinen Teil der Abmachung zu erfüllen.

Die alte Gruseltante ignorierte ihn. »So etwas wie Sporttauchen ...«

»Ihm tut echt Leid, was er alles angestellt hat«, fuhr Jason fort.

»Oder ... Theater. Ja, das ist es. Ich wollte schon immer eine Schauspielerin sein. Ich glaube, ich wäre eine gute Schauspielerin oder nicht?«

»Gack.« Solly verschluckte sich fast. Seine Eltern hatten sich kennen gelernt, als sein Papa seine Mama die Julia spielen sah. Er war im wirklichen Leben ihr Romeo geworden. Er hatte jede Aufführung besucht und ihr danach immer Pralinen (die sie nicht wollte) und Rosen (die sie begeisterten) mitgebracht. Zwei Monate später hatten sie geheiratet.

»Wie viele Schlägereien es wohl heute Abend gibt«, sagte Mason.

»Er hat seine Lektion gelernt . . .«, fuhr Jason fort.

»Meinst du nicht auch, dass ich eine gute Schauspielerin wäre?« Die alte Gruseltante nestelte an ihrer Perlenkette herum und sah Solly nachdenklich an.

Sag ja, klar doch, dachte er. *Daheim ist, wo du Kunst machst*, konnte er den Zirkusdirektor sagen hören. »Eher nicht«, murmelte er in die Salsa.

Die alte Gruseltante reckte den Hals.

»Also lass ihn doch mitkommen«, sagte Jason abschließend.

Sie fuhr zu ihm herum. »Was redest du da? Nein, Solly hat seine Lektion nicht gelernt und er kommt auch nicht mit zum Zirkus.«

»Na, dann gib doch mir seine Eintrittskarte, dann kann ich sie verkaufen. Sie ist ein kleines Vermögen wert«, sagte Jason prompt und hielt ihr eine Hand hin.

Da hörten sie über ihren Köpfen etwas plumpsen.

»Was in aller Welt war das denn?«, fragte die alte Gruseltante.

»Ähm . . . ich . . . Fregatte . . . Katzenklo . . . neues Streu . . .«, stammelte Solly und sprang auf.

»Ja, dann kümmere dich schon darum«, sagte die alte Gruseltante. Sie schien nicht zu bemerken, dass die Geräusche aus Sollys Zimmer kamen, das Fregatte nie betrat. »Und vergiss mir danach den Abwasch nicht. Ich gehe mit Carla Walters ins Kino.«

»Ja klar . . . nein, nein«, rief Solly und raste aus dem Zimmer.

Auf der Treppe rannte er fast Fregatte über den Haufen. Sie fauchte und schlug mit der Pfote nach ihm. »Warum fängst *du* eigentlich nicht mit Sporttauchen an«, fauchte er zurück, dann bretterte er in sein Zimmer.

Die Eidechse war aus dem Wandschrank gestiegen und saß, Piggy auf dem Schoß, an seinem Schreibtisch – oder genauer gesagt, vor seinem Computer – und stampfte selig mit den Füßen. Sie spielte *Planet Neun aus dem Weltall*, Sollys schwierigstes Action-Game. Und sie war am Gewinnen.

Fünfzehntes Kapitel

Woher in aller Welt weißt du, wie man das spielt?«, fragte Solly.

Die Eidechse blinzelte, als dächte sie über eine Antwort nach. Dann jedoch zuckte sie nur die Achseln, schmatzte und legte den Kopf schief. »*Sniebel*«, sagte sie klagend.

»Dein Pech. Du hast gerade erst *Sniebel* gehabt. Und selbst wenn ich wollte, ich kann jetzt nicht auf Würmersuche gehen.«

Die Eidechse zuckte erneut die Achseln, als wollte sie sagen: Man wird's ja wohl noch versuchen dürfen. Dann stand sie auf, setzte Piggy in seinen Käfig zurück und klopfte auf die Sitzfläche des Stuhls.

Solly brauchte einen Moment, bis ihm aufging, dass Friebel, wie er die Eidechse inzwischen nannte, ihn zum Hinsetzen bewegen wollte. »Wieso denn?«, fragte er.

Friebel nickte zum Bildschirm und klopfte erneut auf die Sitzfläche.

»Ich soll spielen? Meinetwegen.« Mit einem Seufzer beschloss Solly ihr den Gefallen zu tun. Er setzte sich, nahm die Maus und machte einen Doppelklick. Die Stimme von Zyphoid, dem Bösewicht dieses Spiels, tönte aus den ziemlich blechern klingenden Lautsprechern. »So, du meinst also, du könntest mich und meine Kumpanen vom Planeten Neun vertreiben. Dann mal los, du Narr, versuch es nur!« Der erste Außerirdische – ein Rotze tropfendes Mungo mit einer Waffe, die an einen Hula-Hopp-Reifen erinnerte – erschien auf dem Bildschirm.

Solly war kein schlechter Spieler, aber ein toller auch nicht gerade. Friebel sah ihm dabei zu, wie er sich durch das dritte Level arbeitete und dann von etwas abgeschossen wurde, das wie eine mit Geschwüren bedeckte Tomate aussah.

»Zaliebel«, sagte Friebel und zeigte auf den Bildschirm.

»Häh? Ich soll noch mal spielen? Wozu? Ich meine, das ist *nett* . . .«, sagte Solly und zuckte zusammen, als ihm aufging, dass er eines der Lieblingswörter der alten Gruseltante benutzt hatte, und außerdem war es ja nicht so besonders nett, ein riesiges Reptil von unbekannter Herkunft in seinem Zimmer hocken zu haben, das einem dabei zusah, wie man knöcheltief in Tomatenschlabber watete. »Aber ich glaube, mir ist gerade nicht nach . . .«

»Zaliebel!«, befahl Friebel. Weder drohend noch gemein, einfach nur nachdrücklich genug, dass Solly den ollen Zyphoid noch einmal hochlud.

Die ersten drei Levels gingen glatt, wie vorher schon. Solly machte sich für Tom Ato bereit. Als das Monster erschien, spürte er Friebels Hände auf den Schultern. Wäre er nicht so auf das Spiel konzentriert gewesen, hätte er sie vielleicht abgeschüttelt. Aber er hatte viel zu viel damit zu tun, dem fiesen roten Gemüse auszuweichen. Und außerdem waren die Hände der Eidechse schön kühl, wie Salbe auf einem Sonnenbrand, aber mit einer Art energetischem Pulsieren darin.

Auf einmal fühlten Sollys eigene Hände sich ... intelligent an. Pfflatsch! Tom Ato explodierte unter Sollys Dauerbeschuss mit Eiterbeulenraupen. In rascher Folge machte er zehn weitere Außerirdische platt und stieg ein Level nach dem anderen hinauf, bis er auf Nummer Neun angekommen war.

»Ja! Juhu!«, rief er, als Zyphoid persönlich erschien.

»Tja, so stehen wir uns endlich gegenüber«, sagte der Erzbösewicht und das stimmte – Solly war nie auch nur in die Nähe des neunten Levels gekommen. Jason, dessen abgelegter alter Computer mitsamt Spielen das hier war, hatte gemeint, dass Solly es auch nie dahin bringen würde. »Tja, Jason, du Pappnase, und jetzt guck dir das mal an!«, brüllte

Solly und wehrte Zyphoids Schwarm Todesdung-Meteoriten lässig ab.

»Der Kampf hat gerade erst begonnen!«, verkündete Zyphoid.

»Ha! Meinst du!«, rief Solly.

Dann warf er dummerweise einen Blick auf seine Hände.

Sie waren grün und mit Schuppen bedeckt.

Solly stieß einen Schrei aus und sprang auf.

»Hab dich!«, tönte Zyphoid, als der Bildschirm-Solly von einem trudelnden Asteroiden erschlagen wurde.

»Was hast du mit mir angestellt?«, schrie Solly.

»Jawiebel! Besser sohiebel! Lernst schniebel!«, plapperte Friebel aufgeregt. War er wütend oder stolz? Solly hatte keine Ahnung und er wollte es vor lauter Angst auch gar nicht wissen.

»Nun mach schon! Gib mir meine Hände wieder!«, rief er.

»Kannnichiebel.« Friebel schüttelte den Kopf. »Duriebel.« Er zeigte auf Solly.

»Gib sie mir wieder!«

»Kannnichiebel«, sagte Friebel noch einmal und ging zum Schrank.

»Nein! Wo willst du hin?«

Friebel stieg in den Schrank. »*Duriebel*«, sagte er sanft, aber bestimmt, dann zog er die Tür zu.

»Mach auf! Mach sofort auf!«, brüllte Solly. Er hatte Angst, den Griff anzufassen, Angst, nach unten zu blicken und zu sehen, was seine Hände konnten oder nicht konnten.

»Dein Wunsch ist mir Befehl«, sagte Jason und kam ins Zimmer gebrettert.

Solly kreischte auf und setzte sich mit einem Plumps auf den Fußboden. Dabei schaffte er es noch, die Hände unter dem Po zu verstecken. Er hatte seinen Stiefbruder gar nicht über den Flur kommen hören.

»Was ist hier los?«

»G-ar nichts«, stammelte Solly und versuchte Jason zu fixieren und nicht zum Wandschrank zu sehen.

»Ganz schön lautes ›Gar nichts‹ . . . Ist Ruben hier oder was?«

»N-nein. Siehst du doch.«

»Er ist schon eine ganze Weile nicht mehr hier gewesen. Ihr habt euch doch nicht gestritten oder so?«, fragte Jason.

»Oder so«, antwortete Solly. Normalerweise hätte er Jason nicht auch noch zu solchen Fragen ermuntert, aber vielleicht hielt ihn das ja davon ab, sich für den Wandschrank und seinen Inhalt zu interessieren . . .

»Na ja, mach dir nichts draus. Der Bursche ist eh eine Null.«

»Und was bin ich dann?«, murmelte Solly.

Dazu sagte Jason nichts. Stattdessen fragte er: »Irgendwas mit deinen Beinen nicht in Ordnung?«

»Mit meinen Beinen? Nee. Meinen Beinen geht's gut. Total gut«, antwortete Solly und kniff den Mund zu. Ein wahrer Vulkan von nervösem Gelächter drohte in ihm auszubrechen.

»Dann steh auf. Du siehst voll komisch aus, wie du da so sitzt.«

»Ich seh gern komisch aus«, sagte Solly.

Jason hob eine Augenbraue. »Vielleicht solltest du dir das auf ein T-Shirt drucken lassen«, sagte er und wandte sich zur Tür um.

Wie, das war's? Das war alles? Jason ließ ihn einfach in Ruhe? Ohne die Schranktür aufzureißen? Ohne dem Krach weiter auf den Grund zu gehen?

Jason legte eine Hand auf die Türklinke. Solly ruckelte auf dem Fußboden herum. Seine Handgelenke waren dermaßen verbogen unter ihm, dass sie schon wehtaten. Noch einen Moment und er musste seine Hände ausschütteln – seine grünen Schuppenhände. Solly überlief ein Schaudern.

Dann wirbelte Jason herum, machte einen Satz und riss die Schranktür auf.

Augenblicklich sprang Solly auf und warf sich von hinten auf seinen Stiefbruder.

»Uuf.« Jason verschlug es den Atem. Solly warf ihn wie einen Pappbecher zur Seite und trat die

Schranktür zu. Falls das seinem Stiefbruder einen Schrecken einjagte, dann erschreckte es Solly noch viel mehr.

Jason machte erneut einen Satz zur Schranktür und Solly schob ihn ein zweites Mal zur Seite. Davor jedoch bekam sein Stiefbruder kurz seine Hände zu sehen.

»He, warte!«, sagte Jason.

»Hau ab! Lass mich in Ruhe!«, brüllte Solly. Er versuchte ihn ein drittes Mal wegzuschubsen. Aber Jason packte ihn bei den Handgelenken und riss seine Hände nach oben.

Seine rosafarbenen, schwieligen Hände mit den abgekauten Nägeln.

»Wo hast du sie gelassen? Wo hast du diese coolen Handschuhe gelassen?«, blaffte Jason und klopfte Sollys Hosentaschen ab. Er sah sich auf dem Boden um.

»Nirgendwo! Was für Handschuhe denn!«, rief Solly. Mit einem Schluchzen rannte er aus dem Zimmer. Es scherte ihn nicht einmal, dass Jason dort jetzt mit Friebel allein war.

Sechzehntes Kapitel

Solly lief, so schnell er konnte, als könnte er so aus seiner Haut schlüpfen. Er musste den Zirkusdirektor sprechen. Wenn ihm überhaupt jemand helfen konnte, dann der Zirkusdirektor. Der wusste, wie man mit Alligatoren umging, und Alligatoren waren doch nichts weiter als große Eidechsen, stimmt's? Mal abgesehen davon, dass ein normaler Alligator einem nicht die Arme grün und schuppig werden lassen konnte ... Hör auf damit, Solly, warnte er sein panisches Gehirn und rannte noch schneller.

Es wurde gerade dunkel, als er bei der Jahrmarktswiese ankam. Mit quietschenden Bremsen kam er neben dem neu errichteten Kassenhäuschen zum Stehen. Er hatte damit gerechnet, dass hier ausschließlich Zirkusleute sein würde, aber von wegen.

MORGEN ABEND IST PREMIERE, hieß es auf einem großen, grüngelben Schild über der Kasse, vor der eine lange Schlange Dummköpfe stand, die sich noch keine Karten besorgt hatten und sich nun um die letzten Plätze stritten. Andere Einwohner von Mintzville schlenderten auf dem Gelände herum und hofften einen Blick auf die Artisten werfen zu können oder kauften sich an den Buden, die schon geöffnet hatten, einen Crêpe oder Wassereis in Alligatorform.

Die Spielbuden wie *Zerquetsch den Erdling*, *Schleuder den Mond* und *Verklopp den Marsianer* waren auch schon in Betrieb. An Letzterer war ordentlich was los. Nemo Blatz und seine Kumpels hatten die Schläger aus ihren Halterungen gerissen, um damit nicht die Mechanoteile, sondern die umstehenden Leute zu verkloppen. Anscheinend hatten sie sich die falschen Opfer gesucht: Mason und ein paar seiner Sportkameraden.

»Mist!«, fluchte Solly und schoss in die entgegengesetzte Richtung davon – direkt in Ruben und seinen Vater hinein.

»Solly!«, begrüßte ihn Carlos Ramirez. Er war ein großer, struppiger Mann mit einem breiten Lächeln voller Zähne. In seiner rechten Hand hielt er eine Wolke Zuckerwatte, die in dem nachlassenden Licht wie ein Strauß Rosen glühte. Mit seiner mächtigen Mähne und den behaarten Armen erinnerte er Solly an das Biest in *Die Schöne und das Biest*. Mit einem Schaudern sah er auf seine eigenen Arme hinab.

Sie waren glatt und beinahe ebenso rosig wie die Zuckerwatte. »Das ist ja eine schöne Überraschung!«, sagte Carlos.

»Ja, wirklich«, sagte Ruben leise und starrte Solly an.

Solly scharrte mit den Füßen und sagte nichts.

»Ist sie nicht absolut fabelig?«, dröhnte Carlos und zeigte auf die Zuckerwatte. Er dachte sich ständig neue Wörter aus.

Normalerweise fand Solly das witzig. Aber heute Abend nicht. »Toll«, sagte er geistesabwesend und überlegte, wie er die Kurve kratzen konnte.

»Ich kann die Vorstellung kaum abwarten, und du?«

»Ich auch nicht«, sagte Solly tonlos. Aus dem Augenwinkel sah er, wie Ruben ein freundlicheres Gesicht machte. Sein Freund wusste, welche Strafe die alte Gruseltante verhängt hatte.

Mister Ramirez kniff die Augen zusammen und legte den Kopf schief. »Wie geht's deinem Papa, Solly? In letzter Zeit von ihm gehört?«

Solly räusperte sich nervös. »Gut geht's ihm. Ich hab gestern Nacht mit ihm telefoniert.«

»Na, das ist ja reizend von ihm. Wann zum Teufel kommt er nach Hause? Ein Vater sollte bei seinem Sohn sein!«, knurrte Carlos. Er war sauer auf Sollys Papa und er machte keinen Hehl daraus. Die beiden Männer hatten sich wegen der alten Gruseltante völlig verkracht. Carlos hatte gesagt, Sollys Vater und sie würden genauso gut zueinander passen wie ein Hase und ein Jagdhund. Er war nicht zur Hochzeit eingeladen worden. Vielleicht lag es in der Familie, seinen besten Freund zu verlieren.

Bald. Bald kommt er nach Hause, wollte Solly schon sagen. Das sagte er immer, wenn ihn jemand fragte. Aber diesmal war ihm nicht danach. »Ich hab keine Ahnung, wann er nach Hause kommt«, sagte er wahrheitsgemäß.

»Und er auch nicht«, sagte Carlos.

Solly biss sich auf die Lippen. Nun fing er langsam an sauer zu werden, aber auf wen? Auf seinen oder auf Rubens Vater, weil der dieses Thema angeschnitten hatte? Solly musste hier weg. Er hatte schon fast vergessen, wozu er überhaupt hergekommen war. »Ich muss los . . .«

». . . Grummel abholen«, sagte Ruben im selben Moment.

»Grummel kommt?«, fragte Solly entsetzt. Ruben musste noch wütender auf ihn sein, als er gedacht hatte; sonst hätte er ihm das längst erzählt.

»Ja. Er kommt heute Abend mit dem Flugzeug«, sagte Ruben ein bisschen verlegen. »Willst du mitkommen, ihn abholen?«

Es war seine Art von Friedensangebot und Solly wusste es. Er hätte gern Ja gesagt. Aber er konnte nicht. Es war eine lange Fahrt bis zum Flughafen.

Sie würde Stunden dauern und er musste so schnell wie möglich zum Zirkusdirektor.

»Ich kann nicht«, sagte er.

»Wieso nicht?«, fragte Ruben.

»Ich – ich meine, ich würde wirklich gerne, aber ich hab zu Hause noch ein paar Arbeiten zu erledigen«, stammelte er.

»Ja klar.« Ruben presste die Lippen zusammen.

»Ich muss mein Zimmer aufräumen ...«, fuhr Solly fort, obwohl er wusste, dass er besser den Mund halten sollte.

»Spar dir den Mist, Solly«, sagte Ruben. »Komm, Papa.« Er stiefelte davon.

Aber Carlos sah auf Solly hinunter. »Ich hab dich eben nicht ärgern wollen mit deinem Papa. Er ist nicht mehr derselbe, seit deine Mama verschwunden ist ... aus seinem Leben.«

Klick. Da war sie wieder, diese komische, schwammige Formulierung. Genau dieselbe, die sein Papa benutzt hatte. Hatten sie es immer so ausgedrückt? Es war ihm nie aufgefallen. Aber jetzt fiel es ihm auf – und es machte ihm zu schaffen. »Du meinst, seit sie gestorben ist«, blaffte er.

»Ja, genau. Seit sie gestorben ist«, sagte Carlos und sah zu Boden.

»Papa, lass uns gehen!«, rief Ruben aus ein paar Metern Entfernung.

»Pass auf dich auf, Solly«, sagte Carlos. Er drückte ihm kurz die Schulter und schritt dann zu seinem Sohn hinüber.

Solly stand da und sah ihnen nach. Carlos und er hatten kaum ein Wort über den Tod seiner Mama geredet. Es war das einzige Thema, bei dem Rubens Vater, der sonst kein Blatt vor den Mund nahm, verstummte. Solly hatte schon mitbekommen, dass es vielen Erwachsenen schwer fiel, über den Tod zu reden. Bis jetzt hatte er Carlos jedenfalls nie im Verdacht gehabt, dass er ihn anlog. Aber Solly wusste genau, dass er jetzt log. Und das erschreckte ihn noch mehr als grüne Schuppenarme zu haben.

Er wäre ihnen beinahe hinterhergelaufen, um herauszukriegen, was los war. Aber es war zu spät. Mason und seine Freunde kamen großspurig in seine Richtung spaziert. Mason hatte einen der Schläger und schlug sich damit vor die Brust wie ein verrückt gewordener Menschenaffe. Er und Solly sahen einander im selben Moment. Mit einem Tarzanschrei griff Mason an.

Flink wie ein Äffchen flitzte Solly an ihm vorbei. Ihm war klar, dass sein Stiefbruder bloß Blödsinn machte. Aber ein herumalbernder Mason war genauso gefährlich wie ein kämpfender Mason. Solly tauchte in der wimmelnden Menge unter. Er hatte keine Ahnung, ob sein Stiefbruder ihm folgte, und er wollte sich auch nicht die Zeit nehmen, das herauszufinden. Aber wo sollte er hin? Das Hauptzelt war zu verdächtig – und zu weit weg.

Wieder der Tarzanschrei. Wenn Mason ihn jetzt kriegte, dann würde er ihn hier herumführen wie ein Hündchen (vielleicht sogar richtig an der Leine – das hatte er schon einmal gemacht) oder, noch schlimmer, ihn nach Hause schleifen. So oder so würde Solly nicht mehr zum Zirkusdirektor kommen.

Verzweifelt bog er zu den Wagen ab. Sie schimmerten schwach im letzten Abendlicht. Er zischte an den aufgemalten Alligatoren, Akrobaten, Clowns vorbei. »Wo denn bloß, wo denn bloß?«, jammerte er, während er sich hektisch umsah. Dort! Der Zylinderhut schien von dem Wagen hochzusteigen und auf ihn zuzuschweben.

»Bitte, bitte, bitte«, keuchte Solly und bretterte die wenigen Stufen hinauf. Die Tür war nicht verschlossen. »Oh danke!«, rief er aus. Er riss sie auf, sprang hinein und glitt zitternd und keuchend zu Boden.

Es war dunkel und eng in dem Wagen. Solly war völlig außer Atem. Er rechnete damit, jeden Moment Masons nächsten Tarzanschrei hinter sich zu hören. Aber es war nichts zu hören als ein tiefer maschinenartiger Brummton. Schließlich hatte sein Atem sich beruhigt.

Es roch merkwürdig hier drin – irgendwie nach

Sumpf. Aber nicht unangenehm. Er fragte sich, ab wann es draußen wohl wieder sicher war. Er fragte sich, was er hier zu suchen hatte, warum er sich im Wagen des Zirkusdirektors versteckte. Er fragte sich, was seine Mutter wohl davon gehalten hätte, wenn sie nicht aus seinem Leben verschwunden wäre.

Klick. *Verschwunden.* Das Wort hallte in seinem Kopf nach. *Ver-schwun-den.* »Deine Mutter ist von uns gegangen«, hatte Carlos damals gesagt. Von uns gegangen, aber unvergessen. Von uns gegangen, aber ... *nicht gestorben.* Und wenn sie nun noch lebte! Sein Atem ging wieder schneller. Er zwang sich dazu, ruhiger zu atmen. Nein, sie lebt nicht mehr, Solly. Du weißt doch, dass sie krank gewesen ist. Du hast sie doch gesehen. Und es gab doch auch eine Beerdigung, stimmt's? Aber er war nicht dort gewesen. Dafür sei er noch zu klein, hatte Papa gesagt, und dass es besser sei, sich an Mama zu erinnern, wie sie noch am Leben und schön gewesen war. Und sie war schön gewesen, mit diesen grünen Augen und den roten Haaren ...

Solly war kurz davor, wieder in Tränen auszubrechen. Seine Augen fühlten sich so feucht an wie die Luft im Wagen. Dann erstarrte er. Irgendetwas rührte sich hinter ihm, hinter der Tür. Hatte er sie nicht abgeschlossen?

Er machte, dass er von der Tür wegkam, tastete

sich bis zu einer Art Stuhl vor und verkroch sich dahinter.

Die Tür ging auf. Ein kleiner Schatten kam in den Wagen gehuscht. Er schien sich kurz umzusehen und dann zur gegenüberliegenden Wand zu schleichen. Solly bemühte sich angestrengt mehr zu erkennen.

Der mechanische Brummton wurde lauter. Plötzlich leuchtete eine Wand auf. Es war überhaupt keine Wand. Es war eine Konsole. Sie sah aus wie das Steuerpult eines Flugzeugs.

Oder vielleicht auch eines Raumschiffs.

Siebzehntes Kapitel

Die Lämpchen blitzten und blinkten. Das taten sie nun schon seit einer guten Minute. Von seinem Versteck unter dem Stuhl aus konnte Solly ihr Muster ausmachen: 1, 3-3, 4, 2-2, 5, 9-9-9. Aber wer die Tasten drückte, konnte er nicht sehen. Er kroch ein Stück nach vorn. Nun konnte er immerhin einen Ellenbogen ausmachen.

Dann fuhr plötzlich ein verrückter grüner Blitz durch den Raum und blendete ihn und ein hohes Wimmern bohrte sich in seinen Schädel. Er steckte sich die Finger in die Ohren, aber es nutzte nichts.

»Aufhören!«, schrie er oder dachte es jedenfalls. Er wusste nicht genau, ob er wirklich einen Ton von sich gegeben hatte – und wenn, ob er überhaupt zu hören gewesen wäre.

Nach einer schieren Ewigkeit hörte der Lärm auf und wurde durch ein anderes Wimmern ersetzt: »Ich hab dir gesagt, dass ich heimwill! Ich hasse es hier! Bring mich heim!«

»Serena, du *bi-ist* daheim. Daheim ist, wo wir si-ind.«

Solly blinzelte hektisch. Sein Sehvermögen kehrte zurück. Aber er brauchte es nicht, um die beiden Sprecher zu identifizieren. Er wusste hundertprozentig, wer sie waren.

»Nein, stimmt nicht!«, schniefte das rothaarige Mädchen – Serena, wie Solly jetzt wusste.

»Du verhältst dich nicht gerade vernü-ünftig«, sagte der Zirkusdirektor. Seine Stimme war tief und er zog die Wörter noch länger als sonst. Sollys Mutter hatte auch immer langsamer gesprochen, wenn er einmal zu oft ungezogen gewesen war.

Auf einmal verspürte Solly Sympathie für den Mann. Vielleicht gab es eine vernünftige Erklärung.

»Du ha-ast gesagt, da-ass du ...«, fuhr der Zirkusdirektor fort.

»Ich will HEEIIIM!«, schnitt ihm Serena aufschluchzend das Wort ab. »Ich will zu Mama!«

»Da-as geht nicht, fürchte ich. Du ka-annst nicht heim.«

Serena fing zu heulen an.

Der Zirkusdirektor seufzte. »Du hast mir versprochen, dass du da-as bleiben lässt. Nun habe ich keine andere Wahl. Du wi-irst bei den Krokos bleiben mü-üssen.«

Den Krokos? Jeder Anflug von Sympathie, die Solly für den Zirkusdirektor verspürt hatte, löste sich in Luft auf und sein Vertrauen gleich mit. Der wollte Serena zu den Alligatoren sperren, ging Solly voller Entsetzen auf, während die Schluchzer des Mädchens den Wagen erbeben ließen. Der Mann war ein Monster! Was mach ich jetzt?, überlegte Solly hektisch. Warten, bis sie weg sind, und dann die Polizei rufen? Ihnen folgen und, wenn der Zirkusdirektor weg ist, den Käfig aufmachen ... oder den Wagen ... oder wo er Serena sonst reinsperrt?

Er schnappte nach Luft und bekam irgendeinen Staub vom Boden in die Kehle. Er schmeckte wie getrockneter Schaum auf einem Tümpel. Solly konnte nichts dagegen machen, er musste husten.

»Ko-omm unter diesem Stuhl vor, Ju-unge«, befahl der Zirkusdirektor.

Solly hustete und keuchte.

»Ich will das ni-icht noch einmal sagen müssen, Ju-unge.«

Langsam kroch Solly unter dem Stuhl hervor. Er stand auf und sah den Zirkusdirektor an. Der Mann trug seine Kutte. Sein Kopf war unter der Kapuze verborgen. In dem kleinen Wagen sah er größer, dünner und finsterer aus als je zuvor.

Trotzdem war Solly fest entschlossen sich nicht einschüchtern zu lassen. Warum halten Sie dieses Mädchen hier fest? Sie müssen es gehen lassen, wollte er sagen.

Aber dann sagte der Zirkusdirektor ruhig: »Willst du wieder was lernen, Ju-unge?«

»N-nein«, krächzte Solly. Er kämpfte immer noch mit dem Staub.

»Ich denke doch. Komm. Wir bri-ingen Serena in ihr Gehege hinüber und dann unterha-alten wir uns.« Er beugte sich vor und legte eine Hand auf Sollys Schulter.

»NEIN!« Solly riss den Arm nach oben. Seine Finger blieben an der Kapuze des Zirkusdirektors hängen. Sie glitt zurück.

Im weißen Licht von der Konsole war das Gesicht des Zirkusdirektors deutlich zu sehen. Er sah genau wie Friebel aus.

Und Solly schrie wieder einmal auf und rannte um sein Leben.

Achtzehntes Kapitel

Solly bekam das auf ihn zurasende Auto erst mit, als es fast schon zu spät war. Eine Hupe plärrte. Reifen kreischten. Eine schrille Stimme keifte: »Idio-ooot!« Aber Solly registrierte diese Geräusche erst, als er schon platt auf der Straße gelandet war, unter einer Laterne.

Jemand sprang aus dem Auto und beugte sich über ihn. »Was stimmt eigentlich nicht mit dir, Solly?«, kreischte seine Stiefmutter. »Du hättest tot sein können!«

»Oder dir die Stoßstange verbeulen«, flüsterte Solly. Er versuchte aufzustehen, aber die alte Gruseltante drückte ihn wieder zu Boden.

»Du bewegst dich erst, wenn ich es dir sage«, erklärte sie und tastete fachkundig seine Arme und Beine ab. »Nichts gebrochen. Hast du kurz das Bewusstsein verloren?«

»Nein«, sagte Solly. »Diesmal nicht.«

Die alte Gruseltante fragte ihn nicht, was das heißen sollte. Stattdessen sagte sie: »Gut, du kannst jetzt aufstehen.«

»Danke.« Solly stand auf. Ihm tat der Po weh, aber er traute sich nicht ihn zu reiben. Dass die alte Gruseltante sein Hinterteil untersuchte, wollte er auf jeden Fall vermeiden.

»Warum bist du mitten auf die Straße gelaufen? Noch dazu um diese Tageszeit?«, wollte sie wissen, als sie nach Hause fuhren.

»Weil Riesenechsen hinter mir her waren«, antwortete Solly. Wenn er nicht so durcheinander gewesen wäre, wäre es ihm wohl nicht rausgerutscht. Er verzog das Gesicht und hielt die Luft an.

»Wenn du dich dermaßen witzig findest, dann solltest du dich zum Clown ausbilden lassen.«

»Hab ich schon mit angefangen«, sagte Solly. Jetzt brems dich besser mal, warnte er sich. Aber vergeblich. »Die finden, ich bin ein Naturtalent.«

Die alte Gruseltante lenkte das Auto an den Straßenrand und hielt an. »Du stehst mir bis hier, Solly, mit deiner Armesündermiene und deinen frechen Bemerkungen. Ich bin nicht deine Mutter. Ich werde nie deine Mutter sein. Die wunderschöne, die begabte, die einzigartige Dorianna, die schauspielern, tanzen, singen, kochen, den Haushalt machen und immer perfekt aussehen konnte. Du und dein Vater, ihr hasst mich dafür, dass ich nicht sie bin!«

Zu Sollys Entsetzen fing sie zu weinen an. Mit grässlichen, erstickten Schluchzern, die sich anhörten wie ein Hund, der gleichzeitig zu bellen und zu fressen versuchte. Er hasste die alte Gruseltante doch nicht – jedenfalls nicht dafür, dass sie nicht seine Mutter war – oder doch? Er war eigentlich der Meinung gewesen, dass sie ihn dafür hasste, dass er nicht ihr Sohn war und es auch nie sein konnte. Und was seinen Vater anging, so verglich er die alte Gruseltante nie mit Dorianna. Er erwähnte Dorianna ja kaum. Jedenfalls nicht, wenn Solly dabei war. Aber er umarmte oder küsste Casey auch kaum einmal – im Gegensatz zu Sollys Mutter früher. Und als Mama noch da gewesen war, war er auch nie so viel unterwegs gewesen. Solly hatte geglaubt, dass Papa vielleicht von *ihm* wegkommen wollte. Nun war er da nicht so sicher.

Auf einmal tat ihm seine Stiefmutter Leid. Er konnte sie nicht besser leiden, aber für einen Moment hatte er Verständnis für sie.

Dann hörte sie abrupt zu weinen auf und sagte: »Es reicht eindeutig nicht, dir den Zirkus zu verbieten.«

Sollys kurzer Anflug von Mitgefühl löste sich in Nichts auf. »Es reicht nicht? Es reicht nicht?« Du undankbarer Bursche. Schrubb die Badewanne und mäh das Geschirr und spül den Rasen …, ahmte er sie in seinem Kopf nach. »Es reicht nicht, dass du mich wie ein . . . einen *Diener* behandelst?«, platzte er heraus.

»Das ist genau, was ich meine. Ich werde dich im Haus behalten müssen, basta. So lange, bis du dich zusammenreißt und aufhörst eine Gefahr für dich und deine Umgebung zu sein.«

Solly sah rot. »Mich im Haus behalten? Was hast du vor? Mich zu den Krokos zu sperren?«, blaffte er vor allem zu seiner eigenen Überraschung.

»Zu den *was*?«

»Warum schickst du mich nicht einfach nach Boldwangia, damit Papa und ich dich *beide* los sind!« Er hatte es kaum ausgesprochen, da ging ihm auf, wie gemein das war. Aber er war dermaßen wütend, dass es ihm egal war.

Die alte Gruseltante holte aus und verpasste ihm eine Ohrfeige. Sie klemmte schief hinter dem Steuerrad, darum hatte ihr Schlag nicht viel Wucht. Aber er brachte Solly zum Schweigen.

Er kämpfte mit den Tränen und sagte für den Rest der Heimfahrt kein Wort. Er beschloss nie wieder ein Wort mit der alten Gruseltante zu reden. Ab jetzt würde er schweigen, wie diese Mönche in dem Film, den er einmal gesehen hatte. Wenn er herausbekam, wie sie hießen, würden sie ihn vielleicht in ihren Orden aufnehmen. Andererseits hatten ihre Kutten ganz schön kratzig ausgesehen.

Als sie zu Hause ankamen, fing er zu zittern an.

Dort war die Eidechse. In seinem Zimmer. Und wartete darauf, ihn in einen Leguan zu verwandeln. Er versuchte das Zittern zu unterdrücken, damit seine Stiefmutter es nicht bemerkte, aber sie bemerkte es.

»Du scheinst mir einen leichten Schock zu haben. Du brauchst etwas Orangensaft«, sagte sie knapp und stieß die Wagentür auf.

Solly machte auch auf, aber er stieg nicht aus. Er konnte nicht. Das Zittern wurde stärker. Er konnte Friebels Stimme praktisch schon hören.

»Vielleicht hätte ich dich besser ins Krankenhaus bringen sollen«, sagte die alte Gruseltante. Ihre Stimme war unsicher vor Schuld und echter Besorgnis.

Er hörte wirklich Friebels Stimme. *Hab keine Angstiebel. Ich bin doch bloß hier, um dir zu helfiebeln.*

Solly starrte seine Stiefmutter an. Sie hatte eindeutig nichts gehört.

Auf einmal ließ das Zittern nach. »Nein, lass nur. Mir geht's gut«, sagte er, stieg aus und ging nach drinnen. Bloß rasch nach oben und Tür zu!

Er kam nicht weit. Jason versperrte den Flur. Er hatte ein merkwürdiges Lächeln im Gesicht.

Oh nein, dachte Solly. Ich hab ihn hier allein gelassen. Mit Friebel.

»Sei mir gegrüßt, du wunderbarer Mensch, du!«, sagte Jason und breitete die Arme aus.

»Sei du mir auch gegrüßt, Schatz.« Die alte Gruseltante machte überrascht einen Versuch, ihn zu umarmen.

Aber Jason fegte an ihr vorbei und drückte Solly an seine Brust. »Willkommen zu Hause, mein Alter! Du hast mir voll gefehlt!«

Solly entzog sich ihm. Was hatte Jason denn jetzt wieder Fieses vor? Solly funkelte seinen Stiefbruder wütend an.

Aber Jason lächelte nur. »Mein Brüderchen, mein geliebter Häuptling, hier bin ich! Allzeit bereit! Stets zu Diensten!«, verkündete er.

Solly starrte ihm in die glänzenden Augen und dabei wurde ihm zu seiner Verblüffung klar, dass Jason das alles genau so meinte, wie er es sagte.

Neunzehntes Kapitel

Was hast du mit Jason angestellt?«, fragte Solly. Friebel zuckte die Schultern. Er saß gemütlich an Sollys Schreibtisch, als ob er gerade Hausaufgaben gemacht hätte.

Solly schoss der Gedanke durch den Kopf, dass er eigentlich mehr Angst hätte haben müssen als je zuvor. Was konnte schließlich gruseliger sein als ein Wesen, das einen Stiefbruder Marke verrückter Wissenschaftler in einen treuen Diener verwandeln konnte? Und Solly wusste genau, dass Friebel irgendetwas damit zu tun hatte – da konnte das Echsenwesen es dreimal leugnen. Aber Solly hatte keine Angst mehr vor Friebel. Vielleicht lag es daran, dass Piggy in seinem Schoß schlummerte. Vielleicht lag es an den Lachfältchen um die gelben Augen herum. Warum auch immer, er war sicher, dass Friebel ihm helfen wollte.

»Eine kleine Nachjustierung, mehrniebel nicht«, sagte Friebel.

»Eine was?«

»Hypnose. Eine kleine Suggestion, die das Subjektiebel genau das Gegenteiliebel von dem machen lässiebelt, was es eigentlich gerade anstellen will.«

Solly glotzte das Wesen an. Friebel war eindeutig kein dummes Kind mehr. »Wer *bist* du?«, wollte er wissen.

»Friebel Komodiebel vom Planeten Reptilia im Sektor Chordata.«

»Ja, aber *wer* bist du?«

»Deine gute Feehiebel.« Friebel lächelte breit.

»Meine gute Feehiebel? Du bist eine *Frau*?«

»Sieht maniebel das nichtiebel?«, erwiderte Friebel.

Solly wusste nicht so genau, ob sie ihn auf den Arm nahm oder nicht. Er kam zu dem Schluss, dass es unhöflich war zu fragen. Außerdem wollte er andere Sachen dringender wissen. »Was machst du hier? Wie bist du hierher gekommen? Und warum siehst du wie der Zirkusdirektor aus?«

Friebels Magen knurrte. Sie rieb ihn sich. »Ich erzähl's diriebel, aber vorher . . .«

»Sniebel«, sagte Solly.

»Jahie genauhie«, sagte seine gute Feehiebel.

Solly holte das Einweckglas unter dem Bett hervor und gab es ihr. Sie schlang den halben Inhalt hinunter. Solly seufzte. Er würde auf Wümersuche gehen müssen. Schon wieder. »Warte mal – wenn du magische Kräfte hast, warum kannst du dir dann nicht was zu essen zaubern?«

»Die Sortiebel Zauberkraft hab ich nicht«, sagte Friebel, während ihr das Ende einer Raupe aus dem Mund baumelte.

Örks, wäre es Solly beinahe herausgerutscht. Er wandte den Kopf ab, bis sie mit essen fertig war.

»Leckeriebel!« Friebel stieß einen ihrer duftenden Rülpser aus. »So, was wolltest du noch maliebel wissen? Ach ja. Frage eins, warum ich wiebel der Zirkusdirektor aussehe – wir stammen voniebel demselben Planeten. Frage zwei, wie ich hierheriebel gekommen bin – man hat michiebel hergebracht. Frage drei, was ich hier mache – ich bin hier, um dir die Echsenkunst beizubringen.«

»Die Hexenkunst?«

»Echsenkunst. Wie maniebel sich in eine Echse verwandelt.«

»Warum in aller Welt sollte ich das wollen?«, brüllte Solly.

»Alles in Ordnung, Solly? Brauchst du Hilfe?«, rief Jason.

Solly ächzte. Sein Stiefbruder saß immer noch draußen im Flur und bewachte die Zimmertür. Wo die alte Gruseltante und Mason waren, wusste er nicht. Es war ihm auch egal. »Alles bestens«, rief er zur Antwort.

»Wirklich?«

»Ja!«, bellte Solly.

»Na, dann ist ja gut, liebes Brüderchen!«, flötete Jason.

Solly verdrehte die Augen. »Das ist mir vielleicht eine Suggestion. Wie lange hält sie an?«, fragte er.

»Ich weißiebel nicht. Ich hab siebel noch niebel benutzt.«

»Du hast sie noch nie benutzt?«

»Nein. Das hieriebel ist meine erste Mission.«

»Wer hat dich geschickt?«

»Weißiebel ich nicht mehr.«

Solly ächzte erneut. Das passte ja, dass seine gute Fee eine Praktikantin war. »Was diese Sache mit der Echserei angeht . . .«

»Sie könnte doch ganziebel praktisch sein.«

»Wozu?«

Friebel sah ihn an. »Zuriebel Tarnung?«, sagte sie.

Solly merkte genau, dass sie selbst keine Ahnung hatte.

»Zur Tarnung.« Er schüttelte den Kopf. »Bis Halloween ist es noch lange hin. Und ich wüsste wirklich nicht, wozu ich sonst wie eine Eidechse sollte aussehen wol-« Er brach ab. Er machte große Augen. Er fing zu grinsen an.

»Diriebel ist eingefallen, wozu«, ermunterte Friebel ihn.

»Ja. Ja, glaube schon.« Solly lachte. »Hol die Mäuse und den Kürbis, gute Feehiebel. Sollyrella möchte zum Ball. Oder besser gesagt zum Zirkus!«

»Gutiebel!«, sagte Friebel. Sie stieß einen weiteren kleinen Rülpser aus und stand auf. »Dann fangen wir mal an.«

Zwanzigstes Kapitel

Der Krach und das Geschrei vor seinem Zimmer weckten Solly. Er stand zu schnell auf und stöhnte. Von dem ganzen Gerenne gestern und dem Beinahe-Zusammenstoß mit dem Auto der alten Gruseltante tat ihm alles weh. Und Friebels Lektionen hatten ihn zusätzlich erschöpft. Echsen war Schwerstarbeit! Arme und Beine bekam er gut hin, aber mit dem Kopf war es so eine Sache. Die ganzen Zähne, die verwandelt werden mussten! Aber Friebel, die auf dem Fußboden schlief (»Raus aus meinem Bett. Du schnarchst«, hatte er zu ihr gesagt), war felsenfest überzeugt, dass er es bald hinkriegen würde.

»Ich sag doch – ich brauch Solly zum Anspielen. Ich muss meine Spezialwürfe üben«, donnerte Masons lautes Organ.

Er meinte wohl eher *Fouls* üben. Solly verzog das Gesicht. Er hatte schon ein paar Mal mit Mason Basketball gespielt, wenn dessen Freunde keine

Zeit hatten. Einige der blauen Flecken waren immer noch nicht ganz verheilt.

»Und *ich* sag doch – er schläft. Du darfst da nicht rein«, drang Jasons höhere Stimme durch die Tür.

»Jace, hör mit dem Quatsch auf! Das ist nicht mehr witzig. Mama hast du vorhin auch nicht reinlassen wollen.«

Solly stellte seine Füße schwungvoll auf den Boden. Er erinnerte sich dunkel, dass die alte Gruseltante vor einer Weile an die Tür geklopft und gefragt hatte, ob es ihm gut ging, und dass er geantwortet hatte, sie solle ihn in Ruhe lassen. Jason musste dafür gesorgt haben, dass sie das auch tat.

»Sie hat die Wünsche unseres Bruders nicht respektieren wollen.«

»Unseres was? Mann, wenn ich dich nicht so gut kennen würde, würde ich sagen, du hast die Seiten gewechselt!«

Dann rüttelte es an der Türklinke und es gab noch mehr Krach und Gebrüll. Wahrscheinlich würde Mason, der um einiges stärker als Jason war, im nächsten Moment ins Zimmer gebrettert kommen. Aber dann wachte Friebel auf. Sie schüttelte sich dreimal, drehte sich zuerst in die eine Richtung im Kreis herum und dann in die andere, machte einen Satz zur Tür und zerrte Mason ins Zimmer.

»Simsalamandiebel«, sang sie Sollys Stiefbruder

ins Gesicht. Dann küsste sie ihn auf den Kopf und schubste ihn wieder hinaus auf den Flur.

In der anschließenden Stille starrte Solly Friebel an. Zu wissen, was seine gute Feehiebel draufhatte, war eine Sache – aber zu sehen, wie sie es tat, eine andere. Dann schlich er zur Tür und legte sein Ohr an das Holz.

Er konnte Jason und Mason draußen hecheln hören. Es klang wie zwei erschöpfte Dobermänner. Dann sagte Jason: »Kapiert?«

»Ja«, sagte Mason. »Kapiert. Die Wünsche unseres Bruders *müssen* respektiert werden.«

»Doppiebelt gemoppiebelt hält besser«, sagte Friebel.

Solly flitzte zu seinem Bett, schnappte sich das Kopfkissen und dämpfte sein lautes Lachen damit.

»Und nun«, sagte Friebel nach einem Augenblick, »an diebel Arbeit.«

Echsen und Menschen haben einiges gemeinsam. Sie essen, schlafen und spielen. Aber ansonsten unterscheiden sie sich ziemlich voneinander – was Solly gerade lernte. Zum einen besaßen sie nicht das gleiche Zeitgefühl. Vier Stunden Unterricht mit Friebel vergingen viel langsamer, wenn er der Mensch Solly war, als wenn er die Eidechse Solly war.

Das Grummeln in seinem Magen erinnerte ihn schließlich daran, dass Essenszeit war. Tatsächlich war er schon eine ganze Weile hungrig gewesen, aber er hatte es ignoriert. Nun konnte er es nicht länger ignorieren. Friebel hatte auch Hunger. Aber Friebel hatte ständig Hunger. Solly fragte sich, ob es daran lag, dass sie eine Eidechse oder dass sie Friebel war.

Er ersparte sich die Frage. »Mittagspausiebel«, verkündete er.

»Happa, happa«, stimmte Friebel zu.

Solly tastete mit den Zehen nach seinen Turnschuhen und versuchte hineinzuschlüpfen. Sie waren viel zu eng. Er sah auf seine nackten Füße und erblickte lange, lange Krallen. »Hoppla. Vergessen.« Er lachte.

»Vergiss das niebel. Vergessen ist gefährlich«, sagte Friebel.

»Ja ja, schon gut, war nur ein Witz«, sagte Solly ganz gereizt vor Verlegenheit und Hunger. Er konzentrierte sich auf seine Krallen und flüsterte: »Zehniebel Zehniebel«. Sie verwandelten sich in zehn kleine rosafarbene Menschenzehen. Er schob sie in seine Turnschuhe und ging aus dem Zimmer.

Seine Stiefbrüder hatten sich auf jeder Seite der Tür aufgebaut. Jason hatte ein blaues Auge. Mason hatte eine kleine Platzwunde am Kinn. Sie sahen beide ein bisschen fertig aus.

»Bruder!«, begrüßte Mason ihn.

»Solomon, der Weise!«, fügte Jason ohne den leisesten Spott hinzu. »Wie geht es dir an diesem prächtigen Nachmittag?«

Solly nickte ihnen zu und unterdrückte ein Kichern. »Mir geht's gut, und euch?«, antwortete er.

»Ein bisschen fertig«, sagte Jason. »Aber solange du nur wohlauf und zufrieden bist, spielt es keine Rolle.«

»Dann ist ja gut«, sagte Solly und ging zur Treppe. Seine Stiefbrüder folgten ihm.

»Ähm, warum bleibt ihr zwei nicht hier?«, sagte Solly. »Ich brauche euren ... ähm ... Schutz gerade nicht.«

»Alles klar«, sagte Mason freundlich. Jason und er machten kehrt und bezogen wieder vor Sollys Zimmer Stellung.

Solly pfiff leise. Das Benehmen seiner Stiefbrüder war lustig, aber zugleich war es auch gruselig. Solly fand es nicht so toll, Wachhunde zu haben – zumal er nicht wusste, wie lange sie zahm bleiben würden.

Er schob diese Sorgen beiseite, eilte nach draußen und suchte die Tomaten nach übrig gebliebenen Raupen ab.

Die Pflanzen waren praktisch raupenfrei, also fing er unter ihnen zu graben an. Er fand sofort eine dicke, weiße Larve. Friebels zweitliebster Leckerbissen, dachte er. Er hielt sie über das mitgebrachte Einweckglas. Die Larve sah lecker aus. Sehr lecker.

Süß und weich und köstlich wie ein Marshmallow. Solly lief das Wasser im Mund zusammen. Er fuhr sich mit dem Handrücken über die Lippen, warf die Larve ein und schluckte. »Schmatziebel!«, sagte er und machte sich wieder ans Graben.

Es war wie damals mit seinen Eltern beim Erdbeeren pflücken. Ob Larve, Wurm, Raupe, Käfer – für jedes Tier, das er in das Glas fallen ließ, stopfte er sich zwei in den Mund, bis er schließlich satt war.

Ein Häppchen noch, sagte er sich, wie er das schon seit zehn Minuten tat. Aber dieser Kohlschädling war unwiderstehlich. Solly verschluckte die Raupe und stand mit einem zufriedenen Seufzer auf. Der Seufzer wurde zu einem Lächeln, das breiter und breiter wurde, bis es ihm den Mund auszudehnen und den Kopf in eine neue, aber angenehme Form zu verziehen schien. Er berührte sein Gesicht mit den Fingern. Es war kalt und schuppig und wahrscheinlich grün.

Jawohl! Er hatte es geschafft! »Donnerwetter! Grün werden ist jahiebel ein Klacksiebel.« Er lachte und schlang sich die Arme um den Oberkörper. Friebel würde sich freuen. Aber warte mal, *wie* hatte er es geschafft? Solange er das nicht herausbekommen hatte, würde Friebel sich überhaupt nicht freuen. *Gefährlichiebel*, würde seine gute Feehiebel sagen. Er schüttelte wild den Kopf, wie ein

Zeichentrick-Kojote, der eins mit dem Hammer übergebraten bekommen hatte. Ihm wurde ein bisschen schwindelig davon, aber einen Moment später besaß er wieder sein altes Gesicht.

Er fragte sich, wie viele Stunden er wohl noch brauchen würde, bis er das mit dem Kopf richtig hinbekam; dabei hob er das Glas auf und drehte sich um. Jason stand vor ihm.

»Wie hast du das gemacht?«, fragte er.

Solly durchlief ein Zucken. Er verspürte das dringende Bedürfnis, eine Mauer hinaufzuflitzen.

»Was denn gemacht?«, erwiderte er. Er wusste, dass das eine lahme Entgegnung war, aber ihm fiel keine bessere ein. Er konnte nur hoffen, dass Friebels Zauber ihn auch vor der Neugierde seines Stiefbruders schützte.

Pech gehabt. »Du weißt schon«, sagte Jason. »Dich in einen Dinosaurier zu verwandeln.«

»Ich hab mich in keinen Dinosaurier verwandelt.«

»Nein?«

»Nee. Ich hab mich noch nie in einen Dinosaurier verwandelt«, sagte Solly wahrheitsgemäß. Dinosaurier waren dumm. Eidechsen dagegen hatten Köpfchen. Hoffte er jedenfalls. »Du musst dir bei dieser ganzen Mikroskopiererei die Augen verdorben haben.« Er tat so, als beuge er sich vor und blinzele in ein Okular.

»Ach so«, sagte Jason.

Puh, dachte Solly. Dann runzelte er die Stirn und fragte: »Was machst du hier draußen? Du solltest doch drinnen warten.«

Jason sah schuldbewusst aus. »Da ist jemand für dich am Telefon.«

»Echt? Wer?«

»Hat er nicht gesagt«, sagte Jason. »Und ich wollte nicht neugierig sein.«

Es gibt immer ein erstes Mal, dachte Solly. »Na schön«, sagte er und ging hinein.

Es gab mehrere Telefone im Haus. Mutig ging er dorthin, wo man am wenigsten gestört wurde – ins Zimmer der alten Gruseltante. Er machte Jason die Tür vor der Nase zu, hob den Hörer auf und sagte: »Einen Moment bitte ... Leg deinen Hörer auf«, rief er zu Jason. Er wartete, bis er es gehorsam klicken hörte, dann sagte er: »Hallo. Solly am Apparat.«

»Hallo, Ju-unge«, sagte der Zirkusdirektor.

Solly wäre fast der Hörer aus der Hand gefallen. »W-woher wissen Sie, w-wo Sie mich erreichen können?«, stammelte er.

»Ich weiß eine Me-enge über dich, Ju-unge.«

Sollys Nackenhaare stellten sich auf. Er fragte sich, ob Echsenschuppen das auch taten.

»Wir mü-üssen uns unterhalten.«

»Worüber denn?«

»Über deine Mu-utter.«

Damit hatte Solly nun ganz und gar nicht gerechnet. »Meine Mutter? Was hat die denn damit zu tun?«

»Das wirst du schon noch erfahren. Heute Na-acht.«

Es war eine Falle. Was sonst. Der Zirkusdirektor wusste nicht das Geringste über seine Mutter, oder? Er wollte Solly zum Zirkus locken und dort festhalten, genau wie Serena. Oder sonst wie dafür sorgen, dass er niemandem etwas von dem kleinen Mädchen erzählen konnte. Solly begannen die Zähne zu klappern. Er schob den Unterkiefer vor.

»Wenn Sie etwas über meine Mutter wissen, warum sagen Sie's mir dann nicht jetzt gleich?«, sagte er so cool wie möglich.

»Heute Na-acht«, wiederholte der Zirkusdirektor. »Beim Zirkus. Nach der Vorstellung. Wirst du kommen, Ju-unge?«

»Ich werde kommen«, sagte Solly. Und insgeheim fügte er hinzu: Bloß dass Sie mich nicht erkennen werden.

Einundzwanzigstes Kapitel

Das ist voll unfair«, jammerte Mason während des Abendessens.

Jason nickte zustimmend. »Voll ungerecht.«

»Solly soll mitkommen.«

»Das hatten wir doch schon. Solly muss zur Strafe hier bleiben«, sagte die alte Gruseltante und ihr Tonfall fügte hinzu: Was stimmt denn mit euch beiden nicht? Ihr könnt ihn doch nicht einmal leiden.

»Aber warum?«, beharrte Mason. »Wie kannst du Solly bestrafen? Er ist ein Prinz.«

Solly verschluckte sich an der leckeren Thunfisch-Pfanne. Normalerweise hätte er sich wegschmeißen können vor Lachen, dass sich seine beiden Stiefbrüder dermaßen für ihn einsetzten. Aber im Augenblick fand er es nicht lustig. Er war nicht nur fix und fertig von Friebels Unterricht (»Wir hören erstiebel aufiebel, wenn du dich willentlich verwandiebeln kannst«, hatte sie gesagt – und es auch so gemeint), sondern er machte sich auch Sorgen. Sorgen, dass Jason und Mason ihre Mutter womöglich überzeugten, so dass er schließlich doch mit zum Zirkus durfte. Und das wollte er nun auf gar keinen Fall. Er hustete laut und provokant ohne sich die Hand vor zu halten.

Es hatte den gewünschten Effekt. »Um Himmels willen, Solly, wozu gibt es denn Servietten«, schimpfte die alte Gruseltante. »Eine Strafe ist eine Strafe. Sie muss abgeleistet werden.«

»Aber was hat er denn getan?«, wollte Mason wissen.

Solly griff über den Tisch nach der Serviette. Was wird sie darauf wohl antworten?, fragte er sich und schnaubte. Laut.

Die alte Gruseltante zögerte einen Moment, dann sagte sie: »Er hat es an Respekt fehlen lassen und wollte das Geschenk ... das Spielzeug weggeben, das ich ihm geschenkt habe.«

»Das Spielzeug? Welches Spielzeug?«, fragte Jason.

Solly spähte hinter der Serviette hervor, die er sich nun babymäßig und (wie er hoffte) provokant vor das Gesicht hielt.

Die alte Gruseltante fühlte sich eindeutig nicht wohl in ihrer Haut.

»Diese Gummi-Eidechse?«, höhnte Jason. »Die hast du ja nicht mal gekauft. Du hast sie im Keller gefunden. Ich hab doch selber gesehen, wie du sie neulich mit nach oben gebracht hast.«

Solly fiel die Kinnlade herunter. Die alte Gruseltante hatte Friebel gefunden? Was hatte er denn sonst geglaubt, wo sie die Eidechse herhatte? Aus einem Laden? Auf gar keinen Fall. Aus einem Werbebrief? Lachhaft. Er hatte überhaupt nicht darüber nachgedacht!

»Im Keller?«, sagte er laut. »Wo denn im Keller?«

»Was macht das für einen Unterschied?«, blies seine Stiefmutter sich auf. Aber Solly hielt ihrem Blick stand, bis sie wegguckte und zugab: »In einer Schachtel, die deine Mutter dir hinterlassen hat.«

Solly verschlug es den Atem. »Meine Mutter? Meine Mutter hat mir Frie ...« Er fing sich gerade noch. »Meine Mutter hat mir dieses Spielzeug hinterlassen?«

»Ja, Dorianna hat dir diesen Plunder hinterlassen, den du so bereitwillig weggeben wolltest.«

Solly ging der Atem so keuchend, dass er das Gefühl hatte, gerade tausend Meter gelaufen zu sein. Hatte seine Mutter Friebel auch für ein Spielzeug gehalten? Oder hatte sie ... wie hätte sie denn wissen können, dass die Eidechse seine gute Feehiebel war?

»Mutter, du hast Solly angelogen«, ermahnte Jason sie.

Die alte Gruseltante drückte den Rücken durch.

»Habe ich nicht«, sagte sie. »Und außerdem ist Solly gestern Abend auf die Straße gelaufen. Er hätte beinahe einen Unfall verursacht. Und er hat mir widersprochen.« Sie hielt inne. Jason und Mason sahen nicht überzeugt aus.

Seine Mutter. Friebel. Die Echsenkunst. Der Circus Lunicus. Der Zirkusdirektor. Serena. Das ist aber ein Puzzle mit vielen Teilen, dachte Solly. Er sah die alte Gruseltante an. Die konnte ihm bestimmt nicht dabei helfen, es zusammenzusetzen.

Sie kniff die Augen zusammen. Solly konnte förmlich hören, wie sie einen richtigen Klopper zu finden versuchte – einen Grund, der ihren Söhnen endgültig klar machte, dass Solly einfach bestraft werden musste. Sie riss die Augen auf, die siegesgewiss strahlten. »Und vor allem geht Solly darum nicht zum Circus Lunicus, weil er neulich mit meinem Auto gefahren ist!«, verkündete sie.

Tja, Pech gehabt. Falscher Zug. Solly biss die Zähne zusammen. Er ahnte, was jetzt kam. Und er hatte Recht.

»Ist er nicht«, sagte Jason ruhig. »Das bin ich gewesen.«

»WAAS?«, rief die alte Gruseltante. »Dann bleibst du eben auch zu Hause.«

»Oh nein!«, schrie Solly. »Das ist voll unfair . . . Ich meine, er lügt. Ich *bin* es gewesen. *Ich* bin Auto gefahren!«

Die alte Gruseltante sah von einem Jungen zum anderen. Ihr Gesichtsausdruck war eine Mischung aus Verwirrung und Abscheu. »Ich weiß nicht, wer von euch beiden nun lügt. Was ich weiß, ist, dass ihr jetzt beide Stubenarrest habt. Komm, Mason. Wir gehen allein zum Circus Lunicus.«

»Aber Mama, das ist voll ...«

»Noch ein Wort und du kannst auch hier bleiben, Mason«, warnte sie.

»UNFAIR!«, bellte Mason.

»Das reicht! Ich hoffe, ihr drei genießt euren gemütlichen Abend zu Hause.« Sie stand auf, stieß sich dabei in ihrer Wut das Knie am Tischbein und hinkte aus dem Zimmer.

Solly ächzte. »Nun lauft ihr schon hinterher und entschuldigt euch«, erklärte er seinen Stiefbrüdern. »Noch ist Zeit.«

»Wofür?«, sagte Jason. »Sie liegt falsch und sie weiß es.«

»Genau, und wenn du nicht zum Zirkus gehst, dann gehen wir auch nicht«, sagte Mason.

»Aber ich gehe zum Zirkus!«, platzte Solly heraus, dann schlug er sich eine Hand vor den Mund.

»Echt? Cool!«, sagte Mason.

»Verrat uns, wie du das anstellen willst«, sagte Jason.

Was hab ich getan?, fragte Solly sich. Und was tu ich jetzt?

Zweiundzwanzigstes Kapitel

»Denk nach. Denk nachiebel. Wie bist du in die Hände meiner Mutter gekommen?«, fragte Solly und ging in seinem Zimmer auf und ab. Alle paar Augenblicke blieb er stehen und lauschte, ob der Motor des Autos seiner Stiefmutter ansprang. Das wäre nicht nötig gewesen – Jason und Mason hielten Wache.

»Frag michiebel was Leichteres«, sagte Friebel.

Solly seufzte. Seine gute Feehiebel war ihm keinerlei Hilfe. Wer lebte noch auf Reptilia? Friebel konnte es nicht sagen. Entführten die Reptilianer ständig Kinder oder tat das nur der Circus Lunicus? Sie wusste es nicht. Wie kam es, dass der Zirkusdirektor sich in einen Menschen verwandeln konnte und Friebel aber nicht? Sie hatte keine Ahnung (aber sie nahm an, dass es etwas mit ihrer Mission zu tun hatte).

Solly lauschte erneut. Was war das? Ein Müllauto, das die Straße runterfuhr. Er fuhr sich nervös mit den Händen durch die federnden Haare. »Erinnerst du dich überhaupt an meine Mutter? An eine schöne Frau mit grünen Augen und roten Haaren?«

»An eine Frauhiebel, nein. An ein kleines rothaariges Mädchiebel«, antwortete Friebel nachdenklich.

Solly blieb stehen und starrte sie an. Ein kleines rothaariges Mädchiebel? War das möglich? Hatte Friebel etwa eigentlich Serenas gute Feehiebel sein sollen? Und ihr die Echsenkunst beibringen, damit Serena besser zu ihren Entführern passte? Ja! Das war's! Nein. Das war's nicht. Es erklärte immer noch nicht, wie Friebel in die Schachtel gekommen war, die seine Mutter ihm hinterlassen hatte.

Solly schloss die Augen. Er kämpfte mit dem Drang, seinen Frust laut herauszuschreien. Friebel schloss ebenfalls die Augen, weil sie sich daran zu erinnern versuchte, warum sie hier war. »Ich weiß überhaupt nicht mehr, wer hier was sein soll«, sagte Solly mühsam. »Ich weiß nicht einmal mehr, wer *ich* bin. Solly, der Diener. Solly, die Eidechse. Solly, der Clown. Solly, der Trottel. Ich weiß nur, dass ich dem kleinen Mädchen helfen muss.«

»Ja«, antwortete Friebel leise. »Dem Mädchiebel helfen.«

Wruumm. Aus der Garage unten drang das gedämpfte Geräusch eines startenden Motors. Die alte Gruseltante fuhr endlich weg.

Eine halbe Minute später klopfte Mason an die Tür. »Solly! Die Segel sind gesetzt. Der Ball ist im Spiel. Der Flogel ist ausgevogen!«

»Mund halten, Kotzklopf«, fauchte Jason. »Solomon, es ist so weit!«

»Ich muss los«, sagte Solly. Ihm war flau im Magen. Friebel legte ihm sanft die Hände auf den Kopf.

Eine Welle der Ruhe durchströmte ihn.

»Ja, geh. Hilf dem Mädchiebel«, sagte Friebel.

Solly drehte sich um. Er sah der Eidechse in die gleichmütigen gelben Augen und nickte. Im Weggehen hörte er Friebel sagen: »Lass dich nicht schnappiebeln.«

Sehr aufmunternd. Er schnaubte. »Auf gar keinen Fall«, sagte er, riss die Tür auf und fiel seinen Stiefbrüdern in die wartenden Arme.

* * *

Solly und seine Stiefbrüder konnten die Jubelrufe des Publikums im Hauptzelt quer über das ganze Feld hören.

»Ich will die Alligatoren sehen. Die sollen voll gruselig sein«, sagte Mason und klang eher wie ein Fünfjähriger als ein Dreizehnjähriger.

»Wie oft habe ich es euch schon gesagt – wir sind nicht hier, um uns die Vorstellung anzugucken«, erklärte Solly. Die Angst machte ihn ungeduldig.

Es konnte dermaßen viel schief gehen bei seinem Plan – was schon einmal damit anfing, dass er gar keinen Plan hatte. Jedenfalls keinen richtigen. Er wusste bloß, dass er Jason und Mason loswerden musste, damit er alleine rüber zu den Alligatoren konnte. Bei den Wagen waren sicher irgendwelche Zirkusleute. Sollys Stiefbrüder würden dort auffallen wie bunte Hunde, Solly dagegen nicht (wenn alles gut ging).

»Sagst du uns noch mal, wozu wir hier sind?«, bat Jason.

»Um jemandem aus der Patsche zu helfen«, wiederholte Solly die vage Antwort, die er ihnen vorhin schon gegeben hatte.

Diesmal gab Jason sich nicht damit zufrieden. »Welchem jemand und aus welcher Patsche?«, fragte er. Solly war überzeugt, dass dieser Anflug von Ungeduld in seiner Stimme nicht durch Angst verursacht wurde. Friebels Zauber ließ nach. Solly spürte es ganz deutlich.

»Das werdet ihr erfahren, wenn es so weit ist«, versicherte er ihnen so entschlossen, wie er konnte.

Es hatte die richtige Wirkung. Jason machte einen Rückzieher. »Na klar, schon gut. Was du nur willst – allzeit bereit.«

»Jau. Du bist der Boss«, sagte Mason.

»Ja, genau. So ist es.« Solly hoffte, dass diese Feststellung, der er selbst immer noch nicht recht glaubte, alle Risse kitten würde, die Friebels Zauber brüchig machten. »Und dass ihr mir das ja nicht vergesst!« Er meinte Jason schnauben zu hören, aber das musste der Wind gewesen sein, der in den Blättern einiger Walnussbäume drüben raschelte.

Solly führte seine Stiefbrüder zu den Buden. Vielleicht sagte er ihnen einfach, dass sie ein paar Runden *Zerballer den Astronauten* spielen und ihn in einer Viertelstunde oder so bei den Toiletten treffen sollten. Aber selbst wenn sie immer noch davon überzeugt waren, dass er der Boss war, würden sie sich darauf wohl nicht einlassen. Sie brauchten eine Aufgabe. Sie brauchten ein Abenteuer. Also bog er ab und ging mit ihnen zur anderen Seite des großen Zeltes herum, zum Künstlereingang.

Hinter dem Zelt standen große Fässer aufgereiht, mindestens sechs oder acht Stück. Sie hatten dort schon gestanden, als Solly seine Clownsnummer vorgeführt hatte. Er hatte keine Ahnung, was sie enthielten. Die Reihe von Fässern führte zu einer alten, zerfallenen Mauer. Und hinter der Mauer lag ein Wäldchen.

Im Zelt brach ein Riesenapplaus los. »Verstecken!«, befahl Solly und kletterte rasch über die Mauer. Jason und Mason kamen ihm sofort nach. Sie mussten sich ducken, aber Solly war gerade groß genug, um über die Steine zum Zelteingang spähen zu können.

»Boah, das macht fast so viel Spaß wie zweiunddreißig Punkte in einem Spiel einzufahren!«, sagte Mason.

»Pst«, warnte Solly. »Seht.«

Und schon schob sich eine Artistentruppe zwischen den Leinwänden hindurch und hielt schnurstracks auf die Fässer zu. Ein Artist nahm einen Deckel ab und tauchte die Hände in das Fass. Die anderen drei taten es ihm nach. Jeder schaufelte sich etwas in den Mund und schluckte es runter.

»Die essen«, flüsterte Mason.

»Faszinierend«, hauchte Jason in einem Tonfall, der Solly gar nicht gefiel. »Aber was?« Er drehte den Kopf und sah seinen Stiefbruder an.

Solly hatte eine ziemlich genaue Vorstellung davon, aber er behielt sie für sich. »Pst!«, machte er nur wieder.

Wenig später verschwanden die Akrobaten wieder, Räder schlagend und mit lauter Flickflacks. Von rechts kam ein Rascheln und ein tiefes Brummen wie von einem Chor, der sich einstimmte.

»Das sind sie! Die Alligatoren!«, rief Mason entzückt, als sie ins Blickfeld gekrochen kamen. Ihr Dompteur führte sie an, seine beiden Assistentinnen bildeten die Nachhut. Aus dem Zelt dröhnte Musik. Clownsmusik. Die Clowns kamen zwischen den Nummern, um die Zuschauer bei Laune zu halten und ihre Aufmerksamkeit unmerklich von den Jongleuren über die Akrobaten zu den Alligatoren zu lenken. Das Gelächter der Zuschauer verklang. Solly konnte sich die Clowns vorstellen – wenn ihre Nummer immer noch so ablief wie früher. Sie flitzten und wackelten und stolperten in der Manege herum, ließen eine Armee kleiner Aufzieh-Alligatoren los, gefolgt von einer Truppe aus großen aufblasbaren Krokodilen, mit der sie sich einen Ringkampf lieferten, und dann leerten sie die Manege, um Platz zu schaffen für die Hauptattraktion.

Solly konnte sich beinahe selbst dort sehen, in einem kreischend gelben Anzug und mit einer großen roten Nase, wie er sich mit einem falschen Reptil im Sägemehl einen Kampf lieferte und ihm Fausthiebe versetzte, die stattdessen einen Clownskollegen umnieteten. Sein Herz schlug schneller, wie neulich beim Computerspiel, als er endlich Zyphoid gegenübergestanden hatte. Er schüttelte den Kopf. Papa hatte Recht. Der Circus Lunicus verhieß nichts Gutes. Hilf diesem Mädchiebel und mach, dass du wegkommst.

Die Alligatoren warteten brummend auf ihr Signal. Aus dem Zelt drangen ein weiterer Beifallssturm und Fanfarenklang. Prompt hörten die Alligatoren zu brummen auf und begannen mit den

Pfoten zu stampfen. Der Zirkusdirektor kündigte jeden Moment ihren Auftritt an.

Das Timing hätte nicht besser sein können. »Gut. Jetzt passt mal auf«, sagte Solly leise und drängend. »Ihr zwei haltet hier Wache. Wenn der Zirkusdirektor rauskommt, dann müsst ihr ihn davon abhalten, dort langzugehen.« Er zeigte nach links. »Haltet ihn auf jeden Fall davon ab. Alles klar?«

»Klar«, sagte Mason und schlug sich mit der Faust in die offene Hand. »Auf jeden Fall.«

»Genau. Ich bin bald wieder da«, sagte Solly. Er war sich ziemlich sicher, dass der Zirkusdirektor das Hauptzelt frühestens zum Ende der Vorstellung verlassen würde, und bis dahin wollte er längst wieder zurück sein.

Besorgt tastete er sein Gesicht ab und huschte auf das Krokodilgehege zu. Dabei hielt er sich so dicht am Boden und in den Schatten, wie er nur konnte.

Wie er es erwartete hatte, waren bei den Wagen etliche Zirkusleute unterwegs. Sie trugen alle ihre Kapuzenkutten und jetzt wusste Solly auch, warum. Wenn es einen Haufen Energie brauchte, sich in eine Echse zu verwandeln, dann brauchte es mindestens so viel, wenn nicht mehr Energie, sich in einen Menschen zu verwandeln. In einer anderen Gestalt *aufzutreten* verbrauchte sogar noch mehr Energie. Die Echsen hoben sie sich für das große Finale auf, indem sie sich zwischen den Nummern in ihre wirkliche Gestalt zurückverwandelten. Die Kapuzen sollten verhindern, dass irgendwelche herumstromernden Menschen sie zufällig zu sehen bekamen.

Ach verdammt, fluchte Solly. An eine Kapuzenkutte hatte er überhaupt nicht gedacht. Nicht dass er leicht an eine herangekommen wäre, wenn er doch daran gedacht hätte. Aber vielleicht hätte ihm Friebel eine geben können. Bloß war es dafür nun zu spät. Er musste das Beste daraus machen. *Konzentrier dich.* Er konnte ihre Stimme in seinem Kopf hören. Gute Feehiebeln schienen gut in Telepathie zu sein. Brav stellte er sich grüne Schuppen, scharfe Zähne, einen langen Schwanz und flinke Pfoten vor. Er dachte an Maden, an Würmer, an saftige und fleischige Raupen. Schmatz. Schmatziebel. Er spürte, wie seine Kiefer sich dehnten und seine Wangen kalt und rau wurden. Er fuhr sich mit der Zunge über die spitzen Zähne. Perfekt. Und perfekt kontrolliert. Wenn mich meine gute Feehiebel jetzt sehen könnte!, dachte er. Aber mit einem ein Meter achtzig großen Reptil durch Mintzville zu spazieren war ihm nicht allzu schlau vorgekommen, nicht einmal nachts.

Ganz locker, kribbelte es in seinem Gehirn. Er hatte nicht vor lange als Eidechse herumzulaufen, aber er hoffte, dass die Zeit reichte. Friebel hatte ihm nicht gesagt, wie lange die Verwandlung anhalten konnte. Fliegen, Käfer, Stinkkäfer, dachte er, um seine Nerven zu beruhigen. »Wünsch mir Glück«, flüsterte er. *Viel Glück*, glaubte er Friebel sagen zu hören. Er kratzte sich das Schuppenkinn und spazierte zum Alligatorengehege.

Er kam an mehreren Eidechsen vorbei und nickte ihnen zu. Das Krokogehege war mit einem großen aufgemalten Alligator verziert. Zwei Arbeiter saßen auf den Stufen.

»Hey. Was ist losiebel, Pelkum?«, fragte der eine.

Oh Mann, Frieblisch, wie Solly es nannte, und Rücksprech. Was für eine schräge Kombination!

»Der Zirkusdirektor hat mich gebeten nach dem Mädchiebel zu sehen«, antwortete Solly so ruhig, wie er konnte.

»Mädchiebel?«, fragte der andere Arbeiter. War da ein Anflug von Misstrauen in seiner Stimme? Solly merkte, wie er zu zittern anfing. Davon verschob sich sein Gesicht. *Vorsicht*, warnte Friebel. Hundertfüßer, Tausendfüßer, Tomatenschwärmerraupen ... ahhh! Der Trick funktionierte. »Serena«, sagte er.

»Sie steckt bei den Krokiebeln?« Der zweite Arbeiter lachte.

»Was hat sie diesmal angestelliebelt? Versucht heimzufliebeln?«, fragte der andere und kicherte ebenfalls.

»Irgendwie so was«, sagte Solly und wartete, dass sie ihm den Weg frei machten.

»Zieh dir lieber ’ne Kuttiebel an. Falls hier aus Versehen irgendwelche Haarigen rumspazieren«, sagte der erste Arbeiter.

»Gutieble Idee«, sagte Solly.

Für einen Moment rührte sich keiner. Dann bewegten sich die Eidechsen mit einigem Widerwillen zur Seite – ob nun aus Misstrauen oder bloß aus reiner Faulheit – und ließen ihn die Stufen hinaufsteigen. Er öffnete die Tür und ging hinein.

Es war völlig anders, als er erwartet hatte. Der sumpfige, feuchte Geruch, der ihm im Wagen des Zirkusdirektors aufgefallen war, war hier wesentlich stärker, aber ansonsten war es heimeliger hier drin. Nirgendwo Gitterstäbe oder Käfige. Nur ein schmaler Streifen fester, federnder Erdboden auf jeder Seite und dazwischen ein paar Tümpel. Der Raum wurde von Mondlicht erhellt, das nicht von dem echten Mond stammte, sondern von zwei künstlichen Himmelskörpern, die an einem schwarzen Himmel voller funkelnder Sterne angebracht waren.

Abgefahren, dachte Solly. Er sah sich um. Zirkusleute schienen nicht hier zu sein. Er nahm an, dass sie alle draußen zu tun hatten. Sein Gesicht zerschmolz und formte sich neu. Wieder ein Mensch, gähnte er. Er war ein bisschen müde. Er schüttelte sich und rief leise: »Serena?« Am Ende des Geheges erklang ein leises Geräusch. Was für eins, konnte Solly nicht ausmachen. Er ging langsam näher.

»Serena? Ich bin's. Der Clownjunge. Ich will dir helfen.«

Das Geräusch wurde lauter. Es klang wie ein Schnarchen. Er war jetzt fast am Ende des Geheges angekommen. Das Mondlicht hob die Verzierungen auf einem Paar Cowboystiefeln hervor, die am Rand eines dunkel schimmernden Tümpels standen. »Serena?«« rief er zum dritten Mal.

Auf einmal stieg etwas aus dem Tümpel auf. Es war sehr groß, sehr nass und sehr schnell. Während es auf ihn zuschoss, wurde Solly klar, dass es sich um den größten Alligator handelte, den er je gesehen hatte.

»Hilfe!«, schrie Solly. Er sprang zurück, blieb irgendwo hängen und fiel schwer auf seinen Eidechsenschwanz. *Vergessen ist gefährliebel*, konnte er Friebel sagen hören. Er ließ den Schwanz verschwinden. Schwein gehabt, dass ich ihn mir nicht abgebrochen habe – andererseits könnte ich mir ja wohl jederzeit einen neuen wachsen lassen.

Bloß einen neuen Kopf konnte er sich auf keinen Fall wachsen lassen. Als die Zähne des Alligators sein Ohren streiften, dachte er absurderweise: Arme Friebel. Wer bringt ihr denn jetzt Sniebel?

Dreiundzwanzigstes Kapitel

Der Alligator begann Solly ins Ohr zu singen. Es war die schönste, einschmeichelndste Melodie, die er je gehört hatte. Er glaubte die Wörter erkennen zu können. Aber es war mehr ein Gefühl, das sich in Wörter verwandelte, wenn es den Rand seines Bewusstseins erreichte, so wie Wasser sich in Blasen verwandelt, wenn es von einer Quelle unter dem Meeresboden emporsteigt.

»Ach, Junge aller Jungen,
hau rein, hör auf zu büßen.
Wenn nicht hier, dann woanders.
Die Welt liegt dir zu Füßen.«

Solly seufzte. Das waren alberne, total sinnlose Reime, aber sie machten ihn schrecklich glücklich.

»Ist das Lied neu, Polly?« Serena kam zum Vorschein. Sie streckte sich und gähnte.

»Ach, Junge aller Jungen.
Weder Schnee noch Trockenzeit.
Die Töchter und die Söhne
liebt man dort im Schuppenkleid.«

»Das ist wunderschön, Polly«, sagte Serena, kniete sich zwischen Solly und dem großen Alligator hin und schlang dem Reptil die Arme um den Hals.

»Bezaubernd«, sagte Solly. Er saß bereits auf der Erde, aber er ließ sich noch tiefer in das weiche Gras sinken, als hätten seine Knochen sich in Vanillepudding verwandelt.

Serena glitt neben ihn. »Als ob du heimkommst.«

»Als ob du heimkommst«, stimmte Solly zu und schloss die Augen.

Ihre Schultern berührten sich. Solly mochte das. Es fühlte sich vertraut an, obwohl er ganz bestimmt noch nie so mit ihr zusammengesessen hatte.

»Der Junge aller Jungen,
wenn er Mut fasst, dann macht er's.
Wo Daheim ist, liegt allein
im Auge des Betrachters.«

Sollys Augenlider flatterten. Er hatte so etwas schon einmal gehört. Aber wo? Ach, Schwamm drüber. Spielte doch keine Rolle.

»Daheim ist, wo du Kunst machst«, murmelte Serena und kuschelte sich behaglich zwischen Solly und Polly.

Solly riss die Augen auf. Das war es! Und der Zirkusdirektor hatte es gesagt. Solly sprang mit solcher Heftigkeit auf, dass Polly in ihren Tümpel zurückfloh und Serena fast mitgerissen hätte.

»Aber wir sind hier nicht daheim!«, verkündete Solly und packte das Mädchen beim Bein.

»Nicht?«

»Nein. Er ... sie ... wollen bloß, dass du ... dass wir das denken.« Er schüttelte ihren Fuß und hielt auf einmal den Cowboystiefel in der Hand. Darunter trug sie Ringelsocken.

»Du ... du hast ... Recht. Ich will heim. Ich will zu meiner Mama!«, heulte Serena.

»Ja, genau. Und ich werde dich hinbringen. Jetzt gleich!«

Solly warf Serena den Stiefel zu. Sie schlüpfte hinein und stand auf. Solly ergriff ihre Hand und zog sie zur Tür.

Polly hatte sich von ihrem Schrecken erholt, kam aus dem Wasserloch gekrochen und sang:

»Ach, ihr einsamen Kinder,
Geschwister sind kein Futter.
Ich will eure Freundin sein,
eure liebende Mutter«,

Serena ließ Solly los und drehte sich zu der Alligatorin um. Solly drehte sich ebenfalls um. Die Stimme des Reptils zog ihn an.

»Nein!«, rief er. »Serena, steck dir die Finger in die Ohren und summe.«

»Summen? Was denn?«

»Was du willst. *Happy Birthday. Kommt ein Vogel geflogen. Ein Männlein steht im Walde.* Was du willst!«

»Wie wär's mit *Alle meine Würmchen*?«

Himmel, dachte Solly, wie lange ist dieses Kind eigentlich schon beim Zirkus? »Auch gut. Summen wir es zusammen«, sagte er.

Die Finger in den Ohren, summten sie vor sich hin und schafften es nach draußen.

Sie hatten Glück. Die Arbeiter waren verschwunden. Aber dann hörte Solly es singen und rascheln. Oh nein! Die Alligatorennummer war zu Ende und sie kehrten gerade zu ihrem Gehege zurück.

»Alle meine Würmchen schwimmen auf dem See, schwimmen auf dem See, Köpfchen in das Wasser, Schwänzchen in die Höh!«, sang Solly laut und verwandelte sich in eine Eidechse.

Serena schnappte nach Luft.

»Hab keine Angst. Das bin immer noch ich. Und ich werde dir helfen.«

»Ich hab keine Angst«, sagte Serena.

»Gut«, lobte Solly, obwohl es ihn schon ein bisschen überraschte. »Und jetzt geh weiter. Ohne zu rennen. Geh weiter, als ob wir genau das machen würden, was wir machen sollen.«

Sie schlenderten zur Rückseite des großen Zeltes – auf die näher kommenden Alligatoren zu.

Bitte, bitte lasst uns vorbei, flehte Solly insgeheim.

»Netten Besuch bei Polly gehabt?«, fragte der Dompteur Serena.

Solly stieß sie an. »Ja«, sagte sie.

»Schön«, sagte der Dompteur und ging weiter. Der Kroko-Chor ignorierte sie völlig.

»Zieh besser deine Kutte an«, sagte die eine Assistentin zu Solly.

»Oh«, sagte er. »Ja. Mach ich.«

Als sie weit genug von der Meute weg waren, dachte Solly hektisch nach. Sollten sie erst noch Jason und Mason holen oder einfach gleich von hier verschwinden? Aber wohin? Zur Polizei? Er hatte nichts gegen Sheriff Selig, aber der Mann besaß keine Fantasie. Er würde kaum glauben, dass Serena wirklich von Außerirdischen entführt worden war. Und wenn doch, dann schnüffelte er womöglich zu viel herum und fand das mit Friebel raus.

Und mit nach Hause konnte Solly die Kleine auch nicht nehmen. Die alte Gruseltante würde, kaum dass sie vom Zirkus zurückkam, sofort die Polizei, das FBI, die CIA oder sonst wen verständigen, bloß um in die Nachrichten zu kommen.

Solly fiel nur eine Stelle ein, wo Serena sicher sein würde. Bei Ruben zu Hause. Carlos würde ihnen helfen. Grummel auch. Der alte Clown wusste bestimmt, dass der Circus Lunicus nicht nur kein Geld hatte, sondern auch sonst nicht ganz sauber war.

Und was Ruben anging, so war es höchste Zeit, dass er die Wahrheit erfuhr und sie vielleicht wieder Freunde sein konnten.

Ja. Das war gut. Auf zu Ruben nach Hause. Aber was war mit Jason und Mason? Am klügsten würde es sein, sie beim Zirkus zurückzulassen. Das geschah ihnen nur recht. Solly nickte.

Aber dann schüttelte er den Kopf. Nein. Das konnte er nicht tun. Auch wenn Friebels Zauber nachließ. Sie mochten es verdient haben, aber er konnte sie doch nicht einfach dem Zirkusdirektor überlassen. Er musste sie – alle vier – hier herauskriegen, und zwar schnell.

Solly verwandelte sich zurück. »Hier entlang«, drängte er Serena und ging mit großen Schritten auf das Zelt zu.

Wieder hatten sie Glück. Niemand hielt sie auf. Irgendeine Art Marschmusik schepperte aus dem Zelt. Was für eine Nummer das wohl gerade war? Solly hatte nicht vor es herauszufinden. Sein Herz klopfte ängstlich, als er Serena über die Mauer hob und hinter ihr herkletterte.

»Jason, Mason«, zischte er.

Niemand antwortete.

»Jason? Mason?« Immer noch keine Antwort. Sie waren nicht da. Solomon Yanish, du bist echt blöd, sagte er sich. So viel dazu, das Richtige zu tun.

»Wer sind Jason und Mason?«, fragte Serena.

»Niemand«, antwortete Solly. »Komm.« Er ging los.

»Aber das ist der falsche Weg«, sagte Serena.

»Wir können ein Stück auf dieser Seite der Mauer gehen. Das ist sicherer«, erklärte er rasch und ergriff ihre Hand diesmal ein bisschen energischer. Irgendwo raschelte etwas im Unterholz. Ein Waschbär wahrscheinlich, dachte er.

»Du hast aber gesagt, dass du mich heimbringst!«, beschwerte Serena sich.

»Das mach ich auch. Aber erst mal müssen wir hier weg.«

Serenas Stimme wurde lauter. »Nein, wir müssen zum Schiff!«

»Pst! Zum Schiff? Zu welchem Schiff?«

»Das weißt du doch. Du hast es gesehen. Fafa denkt, dass ich es nicht steuern kann, aber ich kann es. Er kann mit Memu oder Botsie oder sonst wem heimfliegen, der noch Platz hat . . .«

»Wovon redest du überhaupt? Welches Schiff? Ich hab kein … Oh nein! Ich fass es nicht!«, japste Solly. Der Wagen des Zirkusdirektors. Das war gar kein Wagen. Das war wirklich ein Raumschiff. Vielleicht waren alle Wagen Raumschiffe …

Irgendwo rechts von ihnen brach ein Zweig. »Aber warum?«, fragte Solly bestürzt. »Warum willst du zum Schiff? Du hast gesagt, du willst zu deiner Mama. Heim zu deiner Mama.«

»Genau das würde ich auch gern wissen«, sagte Jason und kam aus dem Unterholz getreten.

Mason kam nicht herausgetreten. Er kam herausgeschossen.

»Abhauen, Serena!«, sagte Solly und drängte seinen Stiefbruder zurück.

Flink wie ein Gecko krabbelte Serena über die Mauer.

Solly wollte ihr folgen, aber Mason hielt ihn an den Armen fest. »Sag uns, was hier läuft, Brüderchen«, sagte er.

Da befahl Friebels Stimme: *Verwandiebeln.*

Junikäfer, dachte Solly – und wurde prompt zur Eidechse.

Mason stieß einen schrillen Schrei aus und sprang zurück. »Ich wusste es!«, rief Jason. »Er war doch ein Dinosaurier! Vielleicht sollten wir ein kleines Experiment zum Thema Aussterben machen …«

»Stirb doch selber aus!«, schrie Solly und machte einen Satz über die Mauer, bretterte durch den offenen Zelteingang und zwischen ein paar herumhüpfenden Clowns hindurch und stand auf einmal mitten in der Manege.

Vierundzwanzigstes Kapitel

Das Scheinwerferlicht blendete ihn. Solly hatte nichts dagegen. Als er dort stocksteif in dem grellen Licht stand, war er froh, dass er die Zuschauer nicht sehen konnte. Es war schlimm genug, dass er sie hören konnte. »Was für ein Kostüm!« »Junge, sieht das echt aus!« Sie lachten und applaudierten der Eidechse, die nicht größer als ein Junge war. Dann fingen sie an sich zu beschweren.

»Macht der denn gar nichts?«, ertönte die Stimme eines kleinen Jungen.

»Vielleicht sollte ich ihn wegen Rumgammelns festnehmen«, scherzte Sheriff Selig.

»Ja, steh da nicht bloß rum, Nodi-Boy«, höhnte Mason. Er war drüben beim Zelteingang.

»Toller Dino, mieser Clown«, fügte Jason hinzu.

»Ich habe hierfür gutes Geld bezahlt!«, beschwerte sich jemand anders. Die alte Gruseltante, oben auf der Tribüne.

»In meinen Zirkus hätte der es nie reingeschafft«, kritisierte Grummel.

Solly blinzelte in das grelle Licht. Hörte er die Stimmen mit den Ohren oder in seinem Kopf? Er hatte keine Ahnung.

»Du sollst was machen!«, rief der kleine Junge schrill.

»Ja, genau«, grollte ein Chor von Stimmen.

Ich muss hier weg. Ich muss Serena helfen, sagte er sich. Jason und Mason blockierten den einen Ausgang. Es gab noch zwei weitere. Mit enormer Anstrengung ließ Solly die Manege hinter sich und lief zu einem dieser Ausgänge. Eine Horde Clowns stellte sich ihm in den Weg. Sie schwangen übergroße aufblasbare Hämmer, Baseballschläger und Boxhandschuhe und kamen langsam näher. Dabei grinsten sie böse.

Die Zuschauer kicherten. Das war schon mehr nach ihrem Geschmack.

»Hilfe«, piepste Solly und wirbelte zum dritten und letzten Ausgang herum. Niemand hörte ihn. Niemand außer dem Zirkusdirektor, der aus dem Schatten getreten kam und wie ein Löwenbändiger drohend einen Stuhl und eine Peitsche schwang.

Solly stolperte und setzte sich auf den Hosenboden.

Die Zuschauer lachten lauter.

»Hilfe«, sagte er wieder und krabbelte rückwärts,

bis er die Abgrenzung der Manege erreichte und nicht mehr weiter kam.

»Auweia. Der Clown sitzt in der Tinte«, hörte er Ruben sagen. Es klang besorgt.

Solly lag da und starrte den Zirkusdirektor an, der sich über ihm aufgebaut hatte und ihm die Stuhlbeine gegen die Brust drückte.

Der Zirkusdirektor erwiderte sein Starren. *Ich gebe dir noch eine Chance, Ju-unge*, schienen seine wilden, leuchtenden Augen zu sagen. *Eine Chance herauszufinden, wer du bist und was du sein kannst. Ergreife sie oder la-ass es bleiben.*

Friebel, was soll ich tun?, fragte Solly lautlos.

Friebel antwortete laut und deutlich in seinem Kopf. *Das weißiebelst du doch.*

Wirklich? Solly holte tief Luft. Fast spürte er Friebels Hände auf seinen Schultern, auf seinem Kopf. Und auf einmal wusste er, dass es in diesem Augenblick nur eines gab, das er tun konnte: sie alle zum Lachen bringen.

Er bewegte sich so flink wie eine Eidechsenzunge und sprang auf, riss dem Zirkusdirektor die Peitsche aus der Hand und ließ sie schnalzen. Der Zirkusdirektor blinzelte und warf ihm den Stuhl zu. Solly fing ihn auf. Plötzlich erschien ein Käfig in der Manege. Solly tat so, als wäre jetzt er der Zirkusdirektor, und trieb seinen Gegner langsam in den Käfig.

Die Zuschauer jubelten ihm zu – vor allem, als er sich anschließend den Clowns zuwandte. Er trieb sie einen nach dem anderen in den Käfig und ahmte dabei jedes Watscheln, Hüpfen, Trippeln genau nach. Dass er wie eine Eidechse aussah, machte die Imitation nur umso lustiger. Er ließ Stuhl und Peitsche fallen, verrammelte den Käfig, klopfte sich die Hände ab, bedachte seine Gefangenen mit einem verächtlichem Schnauben und drehte sich zum Publikum um. Er riss die Arme nach oben wie ein Profiringer und stolzierte mit geschwellter Brust durch die Manege. Er prahlte und tat groß und freute sich – das alles völlig ohne Worte – und der Scheinwerfer verfolgte ihn dabei.

Die Leute brüllten vor Lachen. Solly breitete die Arme aus, als wollte er sie allesamt umarmen. Dann dachte er: Warum eigentlich nicht? Warum sie nicht wirklich umarmen? Er kletterte die Ränge nach oben und küsste eine alte Frau, umarmte einen dicken Mann und klaute ihm eine Hand voll Popcorn. Er zerzauste einem kleinen Jungen die Haare, nahm ihm die Brille weg, setzte sie sich auf und schwankte die Sitzreihe entlang. Er sagte einer Zeltstange Guten Tag und lehnte sich gegen ein kicherndes Teenagermädchen, dann gab er dem Jungen die Brille zurück. Er flitzte hinüber zu der alten Gruseltante, sprang ihr auf den Schoß und hüpfte herum wie beim Hoppereiter, dann spielte er mit seiner nicht vorhandenen Perlenkette, wie sie es immer tat.

Dann schrie jemand: »Auwacka!« Auch andere brüllten. »Pass auf!« »Schnapp sie dir!« »Sie hauen ab!« Solly saß auf der Armlehne des Stuhls seiner Stiefmutter, nahm eine Seemannspose ein und machte ›Ahoi!‹ zur Manege.

Die Clowns stahlen sich aus dem Käfig. Der Zirkusdirektor war schon verschwunden.

Solly schüttelte die Faust und kletterte rasch die Ränge hinunter – und blieb vor dem massigen Sheriff Selig stehen. Er pfiff und gestikulierte: Komm schon! Hoch mit dir!

Selig spielte mit und stand auf. An seinem Gürtel baumelten Handschellen. Solly schnappte sie sich und schaffte es, sich mit dem Polizisten zusammenzuschließen. Er ruckte und zerrte, als würde der Sheriff ihn mit sich ziehen. Sogar der Sheriff musste lachen. Solly befreite sich wieder und führte den Tränen lachenden Sheriff zur Manege hinunter. Unterwegs sammelte er noch die alte Frau, den dicken Mann, den kleinen Jungen, das Teenagermädchen und verschiedene andere willige Opfer ein. Nur die alte Gruseltante weigerte sich mitzukommen.

Solly scheuchte die Clowns um die Manege, bis sie verschwanden, dann sperrte er an ihrer Stelle seine neuen Gefangenen von der Tribüne in den Käfig.

»Ich will auch ins Gefängnis«, dröhnte Mason und kam von der Seite her angerannt. Solly tat ihm den Gefallen gern. Dann packte er Jason am Schlafittchen und sperrte ihn zu den anderen.

»Noch mehr, noch mehr!« Die Menge tobte.

Noch mehr? Der Käfig war fast voll. Und wie sollte er diese Nummer noch toppen? Er suchte die Ränge ab, dann brach er in ein Eidechsengrinsen aus. Er bretterte die Sitzreihen wieder hinauf und landete bei den Ramirez. Ein kurzes Abklatschspiel mit Grummel, ein Schulterklopfen für Carlos, ein Küsschen für Rubens Mutter und dann drehte er sich mit gespielter Überraschung zu Ruben herum und begrüßte ihn wie einen alten Kumpel: Lange nicht gesehen! Ruben lachte, spielte aber nur halbherzig mit, bis Solly ihn bei der Hand nahm. Ruben zuckte unter der kalten, schuppigen Berührung zusammen. Solly wusste, dass Ruben sich fragte, woran niemand sonst einen Gedanken verschwendet hatte: Was für eine Art Kostüm ist das eigentlich?

»Alles okay, Ruben. Vertrau mir«, flüsterte er.

Ruben riss die Augen auf. »Was zum ...«, japste er.

»Vertrau mir«, sagte Solly noch einmal. »Und komm mit.«

Für einen Moment sah es so aus, als würde Ruben ihn zur Seite schubsen und weglaufen. Aber dann nickte er und folgte Solly zur Manege. Ruben wollte zum Käfig gehen, aber Solly hielt ihn auf.

»Huoppla!«, rief er und warf die Arme in die Luft. Ruben blinzelte. »Mach schon«, flüsterte Solly seinem Freund zu.

»Bist du dir sicher?«

»Und ob ich mir sicher bin.«

»Na gut. Huoppla!«, rief Ruben nun auch und streckte sich auf dem Boden aus. »Hopp!« Er hob die Knie vor die Brust.

Zur großen Freude des Publikums wirbelte Solly bald in der Luft herum, getragen von den großen, starken Füßen seines besten Freundes.

Als sie ihre Nummer beendet hatten, überschlugen die Zuschauer sich schier vor Begeisterung. Solly und Ruben machten eine Verbeugung nach der anderen, dann rissen sie die Käfigtüren auf.

Die Gefangenen strömten heraus. Der Zirkusdirektor trat lächelnd und klatschend zwischen Solly und Ruben. Voller Stolz sah Solly zu ihm hinauf. »Willkommen daheim, Ju-unge«, sagte der Zirkusdirektor.

Diese Worte waren sogar noch süßer als Pollys Lied. Sie waren nicht dazu gedacht, ihn einzulullen. Sie sprachen sein Herz und seinen Verstand an.

Dann bekam er einen Schreck. Der Zirkusdirektor hatte gewonnen. Nicht durch Hypnose oder Zauberei oder sonst etwas, das Solly nicht durchschaute. Er hatte dadurch gewonnen, dass er Sollys geheimste Wünsche hatte wahr werden lassen.

Dann, ob nun aus Angst oder Erschöpfung oder mangelnder Erfahrung im Verwandeln, verlor Solly auf einmal seine Echsengestalt. Im nächsten Moment schoss ihm ein Wort aus seinem letzten Wortschatztest in der sechsten Klasse durch den Kopf: *Tumult*, was so viel bedeutete wie »Lärm, Aufruhr«, was wiederum bedeutete, dass der Circus Lunicus nun restlos durchdrehte!

Fünfundzwanzigstes Kapitel

Manche Leute liefen kreischend zu den Ausgängen. Andere stürmten kreischend die Manege. Noch andere blieben auf ihren Sitzen hocken, als hätte ihnen jemand Sekundenkleber auf den Hosenboden geschmiert. »Code Zehn-fünfzehn ... nein, zehn-vierunddreißig ... äh, zehnachtundsiebzig ...!«, brüllte Sheriff Selig in sein Funkgerät. »Teufel noch mal, das ist die beste Nummer, die ich je gesehen habe«, dröhnte Grummel und schlug sich auf die Schenkel.

Das Stimmengewirr erschrockener, erstaunter, begeisterter und verdatterter Menschen wurde von einem scharfen Keifen durchschnitten, wie eine Sirene einen Heuschreckenchor übertönt. »Solomon Yanish! Du hast Stubenarrest!«, schrie die alte Gruseltante.

Solly wirbelte entsetzt herum und sah, wie sie sich durch die Ränge zu ihm hinunterdrängelte.

Noch mehr Leute wollten zu ihm – Grummel, Rubens Eltern und Jason und Mason. Aber zwischen all den anderen Leuten, die hierhin und dorthin wollten oder sich nicht rühren konnten, kamen sie kaum voran. Die Clowns und die sonstigen Zirkusleute versuchten den Mob zu beruhigen. Der Zirkusdirektor rief zur Ordnung.

»Hilfe! Ruben, hilf mir!«, brachte Solly hervor.

Aber Ruben stand da wie angewurzelt, ganz verdattert von Sollys plötzlicher Verwandlung, und seine gebräunte Haut war so bleich, als hätte er Gefrierbrand.

Solly rechnete mit dem Schlimmsten. Gleich würde die Meute ihn über den Haufen rennen, würden seine Stiefbrüder ihn wegschleifen, würde er unter dem bösen Blick der alten Gruseltante zur Salzsäule erstarren. Stattdessen kam etwas Großes und Haariges durch den Eingang gepoltert, den der Zirkusdirektor bewacht hatte, und teilte die Menge so sauber wie ein Pferd von der berittenen Polizei. Zuerst hielt Solly es tatsächlich für ein Pferd – ein Pony vielleicht. Dann ging ihm auf, dass es sich um ein riesiges braun-weiß geflecktes Meerschwein handelte, das ihm merkwürdig bekannt vorkam. Auf seinem prächtigen, pelzigen Rücken ritt Serena.

»Steigt auf!«, sagte sie. »Es kann uns alle tragen.«

Solly schüttelte Ruben. »Mach schnell!«, rief er und kletterte auf das Mammut von einem Reittier.

Ruben war immer noch wie betäubt, aber er schaffte es. Serena stieß dem Tier sanft die Hacken in die Flanken und sie galoppierten genau in dem Augenblick zum Hintereingang des Zeltes hinaus, als die alte Gruseltante – zusammen mit etlichen Dutzend Leuten mehr – bei der Manege ankam.

Draußen war die Luft feucht und schwer. Anscheinend braute sich ein Sturm zusammen. Solly ertappte sich dabei, dass er keine Lust hatte, in ihn hineinzugeraten. Ich sehe mal lieber zu, dass ich daheim bin, bevor er losbricht, dachte er, während sie auf die Wagen zuritten.

Daheim. Das Wort brachte ihn zum Lachen.

Er lachte.

Und lachte.

Und lachte.

»Solly«, sagte Ruben hilflos und drückte Sollys Arme. »Solly, hör auf.«

»Nicht weinen, Solly«, sagte Serena.

»Weinen?«, japste Solly. Na ja, seine Wangen waren tatsächlich nass. Er wischte sich übers Gesicht. Und auf einmal begriff er, warum Serena mit dem Wagen-Raumschiff fortfliegen wollte. »Daheim ist, wo du Kunst machst . . . Aber nicht, wenn du fünf bist . . . Daheim, das ist dein Bett . . . das sind deine Spielsachen . . . Daheim, das ist deine Mutter . . . Stimmt's, Serena?«

Serena wusste nicht genau, was er meinte. Aber sie sagte: »Ja, klar.«

»Solly, wovon sprichst du überhaupt?«, fragte Ruben.

»Manchmal ist daheim nicht hier irgendwo ...«, fuhr Solly fort und zeigte um sich. »Manchmal ist daheim ... dort oben.« Er zeigte zum Himmel hinauf. »Stimmt's, Serena?«

Diesmal konnte sie ihm folgen. »Ja. Daheim ist dort oben – obwohl wir es von hier aus nicht mal sehen können.«

»Soll das heißen ... Wollt ihr damit sagen ... Dann stimmt es?«, fragte Ruben flüsternd. »Der Circus Lunicus kommt wirklich aus dem Weltall?«

»Sag's ihm«, sagte Solly.

»Natürlich kommt er von da«, antwortete sie. Sie hätte ebenso gut hinzufügen können: Woher denn sonst!

»Boah! Ich fass es nicht!« Ruben krallte sich die Finger in die Haare.

Solly merkte, dass ihm selbst auch die Haare zu Berge standen. Die ganze Wahrheit war noch nicht erzählt und das machte ihm eine Gänsehaut. »Dann hat der Zirkusdirektor dich gar nicht gezwungen zum Zirkus zu gehen?«, fragte er Serena vorsichtig.

»Gezwungen? Fafa würde mich nie zu etwas zwingen. Mama und er haben mich gefragt, ob ich mitkommen und mir die Erde einmal ansehen möchte, und ich hab okay gesagt, aber es gefällt mir hier nicht. Daheim ist es viel lustiger.«

»Fafa?«, fragte Ruben.

»Großvater«, sagten Solly und Serena im Chor. Solly schlug sich die Hände vor den Mund. Er hatte gar nicht gewusst, dass er das wusste.

»Aber er hat dich gezwungen bei Polly zu bleiben«, hakte er nach.

»Ja, schon. Aber jeder, der schlechte Laune hat, muss bei Polly bleiben. Das ist so beim Zirkus. Sie muntert einen auf. Dazu sind die Alligatoren doch da – um einen aufzumuntern.«

»Dann müssen die Alligatoren dort oben ganz anders drauf sein als die Alligatoren hier unten«, sagte Ruben ebenso staunend wie neugierig. »Mehr wie Hunde.«

»Die Hunde bei uns daheim sind nicht so nett wie Alligatoren. Die sagen lauter Ausdrücke.«

Ruben brach in Lachen aus. Aber Solly riss den Kopf herum und sah ihn böse an. Ruben presste die Lippen zusammen.

Dann waren sie bei den Wagen angekommen. Solly stieg ab, gefolgt von Ruben. Serena, der es sichtlich Spaß machte, dort oben auf dem Meerschwein zu sitzen, rührte sich nicht vom Fleck.

Aber irgendwie ergab das alles immer noch keinen Sinn, wurde Solly klar. »Wenn Fafa dein Großvater ist, warum siehst du dann immer so … menschlich aus?«

Serena runzelte die Stirn. »Weiß nicht«, sagte sie.

»Aber ichiebel«, antwortete Friebel. Sie stand direkt neben dem Wagen des Zirkusdirektors, aber Solly war dermaßen auf Serena konzentriert gewesen, dass er die Eidechse gar nicht bemerkt hatte.

»Friebel! Wie kommst du denn hierher?«, rief er.

»Ich bin mit Piggy durch die Stadt geriebelt.« Friebel zeigte auf das Meerschwein. »Ich hab ihn größer gemiebelt«, sagte sie mit einem reichlich gerissenen Grinsen.

»Ist mir aufgefallen«, sagte Solly. Sie näherten sich der Auflösung des Rätsels und Solly war klar, dass er sich ihr langsam nähern musste, so wie er beim ersten Schwimmengehen des Jahres immer ganz vorsichtig ins kalte Wasser hineinging. »Anderen Leuten auch?«

»Ja. Aber sie dachten, wir machen Reklame für den Zirkiebel.«

»Und wie lange bleibt er so groß?«

»Das weißiebel ich nicht«, sagte Friebel schüchtern.

»Für eine gute Feehiebel weißt du aber ganz schön wenig«, sagte Solly, der in seiner Angst irgendjemandem die Schuld geben musste. »Und vergessen hast du auch noch ganz viel.«

»Ja, aber das meiste weißiebel ich jetzt wieder.

Willst du wissen, an weniebel ihr mich erinnert, Serena und du?«, fragte Friebel sanft.

Solly senkte die Stimme. »Ja«, sagte er.

»Dor.«

»Dor?« In Sollys Kopf ratterte es. »An das Sternbild, meinst du? Dorado?«

»Ich meine das Mädchen, dessen gute Feehiebel ich vor langer Zeit gewesen bin. Dorianna. Eure Mutter.«

Solly holte so scharf Luft, dass es wie ein Schluchzen klang.

»Sie ist seine Schwester?«, rief Ruben.

»Dieser Junge ist mein Bruder?«, entfuhr es Serena im gleichen Moment.

»Und Fafa – Fafa –«, stammelte Solly.

»Fafa ist dein Großpapiebel. Serena wird sich erst verwandiebeln können, wenn sie elf ist – genau wie du.«

Natürlich. Kein Wunder, dass er ihr unbedingt hatte helfen wollen – dass er seit dem ersten Moment das Gefühl gehabt hatte, sie zu kennen. Obwohl er nie mitbekommen hatte, dass seine Mutter schwanger gewesen war. Seine Mutter. Etwas ergab immer noch keinen Sinn. »Aber Mama hat immer ... ganz normal ausgesehen«, sagte er langsam.

»Weil sie halbiebel menschlich ist, nicht wahr, Serena? Fafa ist ihr Vater. Ihre Muttiebel ist bei ihrer Geburt gestorben.«

Das kleine Mädchen nickte.

»Sie hat sich immer verwandiebelt, wenn ihr geschlafen habt, Solly. Du und dein Papa. Sie brauchte sich nie so oft zu verwandiebeln wie richtige Reptiliebelianer.«

Es brauchte einen Moment, bis Solly zu flüstern wagte: *»Ist?«*

»Aber ja. Sie war schwer krankiebel. Sie musste heim, um wieder gesund zu werden – und sie ist es geworden. Es gibt nur ein Problemiebel . . .«

»Sie sieht genau wie Friebel aus«, schloss Serena.

»Was?«, keuchte Solly.

»Ja.« Friebel nickte. »Deine Mutter muss für immer eine Eidechse bleiben.«

Sechsundzwanzigstes Kapitel

Polly und die Alligatoren mussten Überstunden schieben. Solly hatte noch nie so viele schlecht gelaunte Leute auf einem Haufen gesehen, ihn selbst eingeschlossen. Kein Wunder, dass der Zirkusdirektor darauf bestanden hatte, dass sie sich alle im Krokogehege versammelten, wo die falschen Zwillingsmonde auf sie hinabschienen und der Alligatorenchor ihnen etwas vorsummte.

Beim Zirkusdirektor schienen die Gesänge der Alligatoren jedoch ihre Wirkung zu verfehlen. Er vertrug es nicht so gut, ausgeschimpft zu werden. Er dehnte seine Wörter noch mehr als sonst. »Ich weiß, da-ass ich es ihm gleich hä-ätte sagen so-ollen«, sagte er ruhig. »Aber wa-ar das ni-icht deine Sache?«

»Ich hätte innerhalb von sechs Monatiebeln in Wasser kommen sollen. Nicht sechs Jahriebel später«, gab Friebel zurück. Bei ihr versagte der Chor der Alligatoren ebenfalls.

»Ist doch nicht meine Schu-uld, dass sein Vater

ihm nie diese Scha-achtel gegeben hat oder dass Dor nie zurückkehren ko-onnte. Ich mu-usste mich erst einmal davon überzeugen, dass er zu uns pa-asst.«

»Du wolltest doch überhaupt nicht, dass er zu uns passiebelt.«

Der Zirkusdirektor hob die Stimme. »Da-as ist nicht wahr.«

»Du bist immer noch sauer, weil deine Tochtiebel ein Jahr lang die Erde besuchen wollte und schließlich dort geblieben ist und einen Haarigen geheiratet und Kinder gekriebelt hat«, sagte Friebel lauter.

»Ich bin selbst mit einer Haarigen verheiratet gewesen, schon vergessen?«

»Aber die ist mit dir nach Reptilia gegangen und hat sich dortiebel bloß herumgequält . . .«

»Sie sollen aufhören zu streiten!«, sagte Serena ängstlich.

Ruben kicherte nervös. Piggy, der wieder seine normale Größe hatte, fiepte auf Friebels Schoß. Nur die alte Gruseltante, Jason und Mason wirkten entspannt. Und das lag daran, dass der Zirkusdirektor, der tatsächlich ein wenig vom Zaubern verstand, sie mit einem simplen Folgezauber in den Wagen gelotst und Friebel ihren alten Gehorsamkeitszauber wieder erneuert hatte, damit sie dort auch blieben.

»Wir haben dich lieb, Solly«, säuselten die Zwillinge. »Stimmt's, Mama?«

»Sprecht nur für euch«, gab die alte Gruseltante zurück, aber auf ihre nettestmögliche Weise.

Solly hielt es nicht mehr aus. »Mund halten! Alle!«, schrie er.

Und sie hielten den Mund. Alle. Selbst Polly und ihr Chor ließen sich leise auf den Grund ihrer Tümpel sinken.

»Warum?«, wollte Solly mit leiserer, aber zittriger Stimme wissen. »Warum ist meine Mutter fortgegangen? Warum hat sie mich verlassen?«

Der Zirkusdirektor seufzte. »Sie wo-ollte dich nicht verlassen, Ju-unge. Sie bekam ein Baby – deine Schwe-ester. Aber irgendetwas gi-ing schief. Es gi-ing ihr von Tag zu Tag schlechter. Sie wusste, dass sie sterben würde, wenn sie ni-icht heimkehrte ...«

»Aber sie hat mir oder Papa nichts davon gesagt. Niemandem. Sie hat uns wehgetan ...«

»Ich glaube, sie wo-ollte es euch beiden sagen. Deshalb hat sie euch Friebel dagelassen, für den Fa-all, dass sie nicht gleich wieder zurü-ückkommen konnte. Friebel war darauf programmi-iert, dir und deinem Vater zu erzählen, was passi-iert war, und dir sogar Echsenkunst beizubringen, fa-alls nötig. Aber die Krankheit hat deiner Mu-utter den Geist verwirrt. Nach einer Weile wu-usste sie gar nichts mehr, nur noch, dass sie heimwollte.«

Solly konnte sich kaum vorstellen, was passiert wäre, wenn seine gute Feehiebel wirklich wie geplant vor sechs Jahren aufgetaucht wäre. Seine Mutter hatte anscheinend wirklich nicht mehr richtig denken können. Aber das erklärte immer noch nicht, warum der Zirkusdirektor ihm nichts gesagt hatte. »Sie ist mit euch weggegangen, stimmt's? Du hättest es uns sagen können damals, kurz vor dem Abflug.«

Der Zirkusdirektor sagte nichts.

»Du warst nämlich doch sauer auf sie«, meldete sich Serena.

Erschrocken sahen alle sie an. Für ein kleines Mädchen war sie sehr klug. Vielleicht wurden auf Reptilia die Kinder schneller groß.

»Das wa-ar ich wohl«, sagte der Zirkusdirektor traurig. »Aber ich hab auch geda-acht, dass du keine Eidechse zur Mu-utter haben wolltest und dein Vater keine Eidechse zur Frau.«

»Da hast du falsch gedacht!«, sagte Solly zornig. Aber ihm war klar, dass der Zirkusdirektor teilweise Recht haben mochte – Solly glaubte, dass er seine Mutter auf jeden Fall lieb gehabt hätte, egal wie sie aussah, aber bei seinem Vater war er da nicht so sicher.

»Dorianna die Große ist eine Eidechse?«, fragte

die alte Gruseltante und lachte. »Junge, Junge. Das haut mich um. Tut mir Leid, Solly ... tut mir wirklich Leid ... Aber das haut mich einfach um!«

Polly fing wieder zu singen an. Die alte Gruseltante gähnte. »Ich frage mich, ob sie wohl viel Lila trägt. Das passt so gut zu Grün.« Sie setzte sich wieder.

»Wir haben dich lieb, Solly«, sagte Jason und Mason mal wieder.

»Oh Mann«, ächzte Ruben.

»Du hast sie davon abgehalten, zu uns zurückzukehren, stimmt's?«, fragte Solly, der immer noch zornig war, den Zirkusdirektor.

»Oh nein! Ich hätte sie nie im Leben davo-on abgehalten. Es ging ihr ni-icht gut genug zum Fliegen.«

»Aber dir ging es gut genug. Warum bist du mich nicht holen gekommen?«

»Wegen dem Großen Zusammenbruch.«

»Dem was?«, hakte Solly nach.

Friebel mischte sich ein. »Alle dreihundert Jahriebel brechen sämtliche Routen zum Sektor Chordata für eine Gesamtzeit von sechs Jahriebeln zusammen. Korrektiebel?«

»Korrektiebel«, sagte der Zirkusdirektor mit einem leichten Schmunzeln. »Darum ko-onnten wir nicht mehr herkommen.«

»Das heißt, der Große Zusammenbruch ist gerade vorbei«, sagte Solly.

»Ja, genau. Deiner Mu-utter geht es gut, aber sie ist immer noch ni-icht weltraumtauglich. Sie hat mich gebeten herauszufinden, ob du so weit bi-ist, dass du mit uns kommen kannst.«

Der Rest des Wageninneren schien sich aufzulösen. Solly sah seinem Großvater in die Augen. »Und was denkst du, bin ich so weit?«, fragte er und klang unsicher und trotzig zugleich.

»Ich denke schon, Solly«, sagte Fafa sanft. »Die Frage ist nur: Was denkst du?«

Siebenundzwanzigstes Kapitel

Solly und Ruben saßen auf den Stufen von Fafas Wagen. Überall wuselten Zirkusleute herum, die nun ihre Kollegen und Freunde waren, bauten Buden ab, schleppten Ausrüstung, beluden Anhänger. Solly hätte eigentlich mithelfen müssen, aber Carlos hatte angeboten für ihn einzuspringen. Fafa war einverstanden gewesen. Er wusste ebenfalls, dass die beiden Jungen gerade ein bisschen Zeit für sich allein brauchten.

»Jetzt ist es zwei Wochen her.« Solly schüttelte belustigt den Kopf. »Nach dem, was passiert ist, bin ich überrascht, dass sie uns nicht aus der Stadt gejagt haben.« Die Nachricht von Sollys erstaunlicher Verwandlung war schneller herumgegangen als ein Grippevirus. Das hatte die Stadtbewohner aber nicht von einem Zirkusbesuch abgehalten; im Gegenteil, ganz Mintzville war gekommen. Und dazu noch etliche Leute aus den Nachbarstädten. Sollys Berühmtheit war bis in die nächste Großstadt gedrungen. Der Circus Lunicus hatte seine Tournee um eine Woche verlängern müssen (inklusive sechs Nachmittagsvorstellungen).

»Wer hätte das gedacht?«, stimmte Ruben zu. Sie hatten ihre Nummer bei jeder Vorstellung gebracht und Ruben war so gut in Artistik geworden, dass Grummel ihm sechs Wochen Ferienlager mit Zirkustraining spendieren wollte.

»Serena hat nicht einmal mehr so viel Heimweh, seit Fafa ihr erlaubt hat jeden Abend auf Piggy zu reiten«, sagte Solly. Sogar Friebel schien in etwas gut geworden zu sein – im Vergrößern und Schrumpfen von Meerschweinchen. Solly und Ruben lachten.

Ihr Lachen war echt – und echt war auch die Traurigkeit, die sich darunter verbarg. Der Circus Lunicus machte sich tatsächlich auf den Heimweg, noch heute Nacht. Und Solly, der in diesen zwei Wochen mit allen möglichen großen und kleinen Entscheidungen gerungen hatte, kam mit. Gestern hatte die Stadt sogar ein Abschiedsfest für ihn gegeben. Es hatte Spaß gemacht, aber Solly war mit den Gedanken woanders. Wie würde es sein, seine Mutter nach so vielen Jahren wiederzusehen? Es spielte keine Rolle, dass sie anders aussehen würde – an Friebel hatte er sich schließlich auch irgendwie gewöhnt –, aber würde sie auch innen drin anders sein? Er hoffte, nicht.

»Nächsten Sommer kommen wir wieder«, sagte er, um Ruben und sich selbst aufzumuntern.

»Ich weiß«, erwiderte Ruben leise.

»Dein Papa hat gesagt, dass du vielleicht mit uns auf Tournee gehen darfst.«

Ruben nickte und sah auf seine Hände hinab. Dass ein Jahr ganz schön lang war, sagte er nicht. Das wussten sie beide.

Solly sah ebenfalls auf seine Hände hinab. Seine Fingernägel waren länger geworden. Er hatte aufgehört an ihnen zu knabbern. Sein Papa würde sich freuen – mit dieser Angewohnheit Sollys hatte er sich nie anfreunden können.

Papa. Solly hatte zweimal mit ihm telefoniert, seit er die Wahrheit über seine Mutter wusste. Es war schwer gewesen, seinen Vater zu überzeugen, dass Solly ihm nichts vorflunkerte, aber schließlich hatte Solly es geschafft.

»Ich komme mit dem nächsten Flugzeug«, hatte Papa geschworen.

Aber er war nicht gekommen. Mit dem nächsten nicht und mit dem übernächsten und dem überübernächsten auch nicht. Eine ganze Woche lang hatte er nicht einmal angerufen. Als er es schließlich doch tat, war Solly allein zu Hause und packte seine Sachen. Früher hatte er immer versucht der alten Gruseltante und seinen Stiefbrüdern aus dem Weg zu gehen; nun gingen sie ihm aus dem Weg.

»Was ist los, Papa? Du hast gesagt, du kommst nach Hause«, sagte Solly.

»Ich weiß, mein Sohn«, antwortete sein Vater langsam und gequält. »Aber weißt du ... diese ganzen Jahre über ... Ich dachte ... ich war mir sicher, dass ich verrückt geworden war ... als ich deine Mutter gesehen habe ... als ich gedacht habe, ich bildete mir nur ein, sie wäre eine ... eine Eidechse. Und nun stellt sich raus, sie war wirklich eine.« Solly konnte seiner Stimme anhören, dass ihn ein Schauer überlief. Nun wusste er, warum sein Vater so verstört gewesen war.

»Aber jetzt weißt du, dass du damals nicht verrückt gewesen bist. Ist das nicht gut?«, fragte er.

Die Frage hing in der Luft. Zu seiner Enttäuschung begriff Solly, dass sein Vater sich da nicht so sicher war. Vielleicht wäre er lieber verrückt gewesen als eine Frau und einen Sohn zu haben und eine Tochter, die er überhaupt nicht kannte, und die auch noch allesamt Eidechsen waren.

Und dann war da ja noch die alte Gruseltante. »Was ist mit der armen Casey?«, fragte Solly. Sie tat ihm wirklich Leid.

»Sie versteht es ...«, sagte Papa. »Ich brauche Zeit ... um mir über alles klar zu werden.«

Solly glaubte nicht, dass Casey das auch nur ein kleines bisschen verstand. Er verstand es ja auch nicht.

»Dann werd dir hier darüber klar!«, hatte er gebettelt. »Komm nach Hause!«

Nach einer Pause hatte Papa gesagt: »Tut mir Leid, aber ich kann nicht. Nicht jetzt. Nicht in der nächsten Zeit.« Und damit hatte er aufgehängt.

Ruben schien zu spüren, was Solly durch den Kopf ging. »Mein Papa sagt, dass er nach Boldwangia fliegt. Er sagt, wenn der Berg nicht hierher kommt, dann geht er den Berg eben holen ... oder so ähnlich.« Er gab ein kleines Lachen von sich.

Solly erwiderte sein Lachen nicht. Er dachte nach.

Einen Augenblick später kam Carlos zu ihnen. »Alles ist verstaut und bereit zur Abfahrt ... oder zum Abflug. Diesmal werden sie die Wagen ja nicht rauf aufs Land fahren müssen. Das haben sie nämlich sonst immer gemacht, wisst ihr. Sie sind mit diesen Dingern draußen in einem Tal gelandet, wo ihnen niemand dabei zusehen konnte, und dann sind sie damit zur Jahrmarktswiese gefahren wie mit ganz normalen alten Zirkuswagen.«

Solly nickte. Serena hatte es ihm schon erzählt.

Carlos lächelte. Dann räusperte er sich. »Ich hab ein Abschiedsgeschenk für dich. Du weißt, wie Leid es mir tut, dass ich dir nichts vom Verschwinden deiner Mutter erzählt habe. Ich hatte es deinem Vater versprochen.«

Solly nickte erneut. Dafür entschuldigte sich Carlos jetzt schon seit zwei Wochen.

»Sie war weg, als wir zusammen bei eurem Haus ankamen – das hab ich dir ja schon erzählt. Und ich dachte, dein Vater ist von dem ganzen Stress und so … na ja … durchgedreht. Dieses ganze Gerede von Eidechsen und so. Und wer könnte es ihm vorwerfen, wo seine Frau plötzlich verschwunden ist. Darum hab ich gedacht, dass er die hier nicht würde haben wollen – aber ich dachte … ich weiß nicht, warum … dass du sie vielleicht eines Tages würdest haben wollen. Sie waren überall um das Bett deiner Mutter herum auf dem Boden verstreut gewesen.« Er hielt ihm eine Hand voll knittriger Zettel hin.

Solly nahm sie. *Gehe heim. Komme wieder. Gute Feehiebel. Bringt Solly alles bei*, stand auf dem einen. Seine Mutter hatte versucht Anweisungen zu hinterlassen.

Er sah zu Carlos auf und strahlte. »Danke«, sagte er und wischte sich eine Träne ab.

»Ich hab was für dich«, sagte Ruben. »Du kannst es in die Nummer mit einbauen.« Er griff in die Tüte, die er mitgebracht hatte, und zog den unsichtbaren Wunderhund hervor.

Solly lachte.

Da öffnete sich die Wagentür und Fafa schaute heraus. »Zeit zum Abflug«, sagte er.

»Gut.« Solly holte tief Luft.

Fafa ging wieder nach drinnen.

Solly und Ruben standen auf. »Friebel arbeitet daran, dass ich E-Mails verschicken kann«, sagte Solly zu ihm. »Dann bist du vielleicht der erste ›Haarige‹, der Post von einem anderen Planeten bekommt.«

»Cool! Aber ich will nicht bloß Wörter. Ich will auch Fotos!«

»Das könnte teuer werden«, sagte Solly. »Und . . .«

». . . der Circus Lunicus hat kein Geld!«, schlossen Ruben und er gemeinsam.

Sie lachten ein bisschen und dann umarmten sie sich.

Solly fingen die Augen zu brennen an. Er lief die Stufen hinauf und betrat den Wagen.

»Scha-alldämpfer, Serena. Damit es nicht so laut ist«, wies Fafa seine Enkelin an, die ihm am Steuerpult half. »Und diese ganzen Lichter brauchen wir auch nicht.«

»Aber ich finde sie gut«, erwiderte Serena. »Du auch, Solly?«

»Klar. Ein Raumschiff muss haufenweise Lichter haben, das gehört sich so«, antwortete Solly und rieb sich die Augen.

»Auweia. Ihr verschwört euch gegen mich«, sagte Fafa und hörte sich erstaunlicherweise wie ein richtiger Großvater an.

»Das wü-ürden wir do-och nie tun, stimmt's?«, ahmte Serena den Zirkusdirektor frech nach.

»Nie. Verspro-ochen«, sagte Solly feierlich. So würde es von jetzt an immer sein, wo er eine Schwester hatte und keine Stiefbrüder mehr – kein *Die*, sondern ein *Wir*, keine zwei Feinde, sondern eine Freundin. Ihm wurde das ohnehin schon weite Herz noch ein bisschen weiter.

Friebel kam hinzu. Sie hielt Solly eine Schale aus einem schwach lilafarbenen Metall hin, das Solly noch nie gesehen hatte. Darin lagen einige Tomatenschwärmerraupen. »*Sniebel*?«

»Gern«, sagte Solly. Er fragte nicht, woher Friebel sie hatte. Er schnappte sich nur die größte und dickste Raupe vom Haufen und verschluckte sie in einem Stück; dann schmatzte er zufrieden.

Serena sah ihn skeptisch an. »Ich mag lieber Ringelspinner«, sagte sie.

»Wählerisches Mädchiebel«, sagte Friebel.

Solly grinste. Ringelspinner. Was sollte ein Mädchen, das gern Ringelsocken trug, denn sonst mögen? Er lachte. Das muss ich Ruben erzählen.

Solly ging zu einem kleinen Bullauge an der Seitenwand des Wagens. Es glühte grünlich und es hatte einen Verschluss, der sich rasch öffnen und schließen ließ. Es war das Auge in dem Zylinderhut. Er sah nach draußen und sah seinen besten Freund dort stehen und zugucken. Carlos hatte seinem Sohn einen Arm um die Schultern gelegt. Mein Papa müsste jetzt eigentlich auch hier sein, seufzte Solly. Dann ging sein Seufzen in einen Aufschrei über. Wenn der Berg nicht zum Raumschiff kam . . .

»Fafa, wir müssen doch nicht heute schon heim, oder?«, fragte er.

Sollys Großvater legte den Kopf schief. »Wieso? Du willst doch zu deiner Mu-utter oder nicht?«

»Auf jeden Fall! Aber wir könnten doch noch einen kleinen Zwischenstopp auf der Erde machen, oder?«

»Wo de-enn auf der Erde?«

»In Boldwangia«, sagte Solly.

»Hmmm«, machte Fafa. »Ja, ich glaube, das kö-önnen wir.«

»Gut«, antwortete Solly. »Ich wollte da schon immer mal hin. Wo es auch sein mag.«

Fafa und er lächelten sich an.

»Dann mal los!«, rief Serena.

Solly guckte wieder aus dem Bullauge. »Huoppla!«, rief er leise und blinzelte zweimal mit dem Auge.

Ruben winkte aufgeregt zurück.

Solly wusste genau, dass Ruben immer noch winkte, als das Raumschiff längst brummend und blinkend Kurs auf Boldwangia nahm, bevor es dann später die gute, alte Milchstraße hinunter zu den lieblichen Sümpfen der Heimat weiterging.